SENTA MEYER

DER FLUCH DER ESMERALDA

GUILTY

© Guilty Verlag, Kirchstr. 42, 17039 Trollenhagen
1. Auflage, 2023, ISBN 978-3-948479-21-3

Printed in Europe.
Buchcover, Vor- & Nachsatz-Gestaltung:
Irene Repp https://daylinart.webnode.com
Bildrechte Buchcover:
123rf.com: ©golubovy; ©alfazetchronicles pixabay.com: ©Ridderhof; ©504497; ©1866946; ©herbert2512; ©Mohammed_hassan; ©pockygallery11 – stock.adobe.com
Bildrechte Vor- & Nachsatz
123rf.com: © hxdbzxy, © france68, © altitudevisual*
pixabay.com: © pcdazero; ©Thomas-Suisse; ©Lwcy; ©SinnesReich; ©uvlick05; ; ©steinchen; ©garten-gg; ©ThomasWolter
** KI-generiertes Bild.*

Manchen Menschen sollte man
einfach nicht trauen …

1. Kapitel

Ein Straßenfest ...

Emma und Noah liefen eng umschlungen auf der gut besuchten Uferpromenade. Das Wetter war herrlich, die Sonne schien strahlend vom Himmel und ein kleines Lüftchen, welches direkt vom Fluss herüberwehte, kühlte die Haut. Wenigstens ein wenig ...

Wie immer an den Sommerwochenenden war es voll auf den Wegen. Scheinbar alle gut gelaunten Menschen strömten nach draußen, um hier oder im angrenzenden Park ein paar schöne Stunden zu verleben. Überall sah man Familien, Pärchen, Herrenbrigaden, Gruppen von älteren Damen und beste Freundinnen, die in den Cafés oder Biergärten saßen.

Selbst auf den angrenzenden Wiesen war es voll, Kinder spielten mit ihren Vätern Ball, Hunde tollten dazwischen umher, einige junge Männer, die vielleicht etwas zu viel vom kühlen Bier genossen hatten, lagen da, wo sie vorher umgekippt waren.

„Wollen wir zum Flohmarkt?"

Noah lächelte seine Freundin an. Er wusste schon vorher, dass kein Weg daran vorbeiführen würde. Aber auch er schlenderte gern durch die Reihen, wenn einmal im Monat die Leute ihren Kram aus den Kellern, von den Dachböden oder sonst woher holten und hier anboten.

Dazwischen standen die professionellen Händler, die ganze Häuser oder Wohnungen entrümpelt hatten und meistens den Wert ihrer Ware genau kannten. Aber auch mit denen konnte man feilschen, es machte Spaß und erinnerte an vergangene Urlaube in südlichen Gegenden, an Märkte, wo dieses Hin und Her regelrecht zelebriert wurde.

Und so schlenderten sie, anfangs immer noch Arm in Arm, über das riesengroße Areal, doch schon bald trennten sie sich.

Während Noah sich für Modellautos, Fahrradzubehör oder Werkzeug interessierte, schaute Emma lieber nach Klamotten.

Oft sah sie ein ganz besonderes Designerstück, welches spottbillig feilgeboten wurde und in ihrem Kleiderschrank ein neues Domizil fand. Aber auch Bücher hatten es ihr angetan, sehr zum Leidwesen ihres Freundes, denn es war dann seine Aufgabe, sie nach Hause zu tragen.

Zwischendurch schauten sie immer einmal, ob sie den Partner sahen, ob er sich noch in der Nähe aufhalten würde.

Heute fiel ihnen das ganz leicht, denn beide trugen schicke Sommerhüte, um sich vor den kräftigen Strahlen der Sonne zu schützen.

Noah hatte den grauen gewählt, der mit vielen Löchern versehen war, Emma dagegen einen klassischen Hut aus Stroh, mit bunten Bändern, die der Wind manchmal durch die Luft wirbelte.

Außerdem waren beide groß, recht schlank und fielen allein dadurch schon in der Masse auf.

Nach einer guten Stunde trafen sie sich wieder, jeder hatte eine Tüte in der Hand und beide strahlten glücklich um die Wette. Eng umschlungen kehrten sie zurück zur Promenade.

„Etwa noch ein Flohmarkt?“, fragte Noah, als er weiter vorn die vielen Menschen sah. Am Tonfall war aber nicht klar erkennbar, ob er sich darüber freute oder sein Bedarf für heute schon gedeckt war.

„Wohl einer für Kinder.“

Als sie näher herankamen, zeigte Emma auf Tische, an denen sich viele von ihnen tummelten. Erst beim näheren Hinsehen erkannten sie, dass die Kleinen dort malten und offensichtlich mit viel Eifer dabei waren.

Sie steuerten geradewegs einem Schild entgegen, auf dem in großen, kunterbunten Buchstaben das Wort `Straßenfest´ geschrieben stand.

„Gleich oder nachher?"

Sie lächelten sich an, gaben sich einen Kuss und steuerten direkt darauf zu …

◆◆◆

„Prost." Die Gläser stießen klirrend aneinander. „Echt gut, dass ihr uns angerufen habt, ich hatte auch keinen Bock auf Kino. Viel zu schönes Wetter."

„Wie habt ihr das hier überhaupt gefunden?"

Am Tisch saßen drei gut gelaunte, quietschvergnügte Pärchen. Sie waren seit Langem die besten Freunde und unternahmen deshalb viel gemeinsam. So trafen sie sich prinzipiell an den Sonntagen, manchmal auch an den ganzen Wochenenden, um miteinander etwas zu erleben oder einfach nur Spaß zu haben.

Samstagabend stand oft `Kultur´ auf dem Programm, man ging gemeinsam in ein Konzert, in ein Musical oder zu einer Theatervorstellung. Wenn es nichts dergleichen gab oder sie es schon kannten, blieb ihnen ein Film im Kino. Oft zogen sie danach noch durch die Clubs dieser Stadt.

An den Sonntagen, zumindest in der wärmeren Jahreszeit, fuhr man meistens an den Baggersee zum Baden und Picknicken, und in den restlichen Monaten schauten sie sich bei einem Tagesausflug die nähere Umgebung an oder man trieb zusammen ein wenig Sport.

Die sechs verbrachten auch ihre Urlaube immer gemeinsam, und selbstverständlich feierten sie zusammen die Geburtstage und Jubiläen, von denen sie einige erfanden, einfach nur, um noch mehr Gründe für Spaß zu haben …

Noah, Felix und Chris kannten sich schon aus Kindertagen, sie spielten gemeinsam im Sandkasten und gingen in dieselbe Klasse. Sie probierten sich am Klavier aus, das wollten wohl eher die Mütter, aber auch im Karate, Bogenschießen, Schach und Modellflug, doch nichts gefiel ihnen. Entweder waren sie einfach nur zu untalentiert oder zu schlecht darin.

Am Ende blieben die drei Freunde bei einfachen Sportarten, sie joggten gern und schwammen, fuhren Rad und bauten im Fitnessstudio Muskeln auf, die man aber nicht wirklich sah.

Dort trafen sie auf drei Mädchen, die sich ebenfalls schon fast so lange kannten und eindeutig `beste Freundinnen´ waren. Die Pärchen fanden sich, und das war jetzt mehr als zehn Jahre her.

Mittlerweile hatten sie ihre Ausbildung abgeschlossen, verdienten Geld und waren in der allgemeinen Tretmühle gefangen, wie man das Leben als Erwachsener auch nennt.

Die drei Jungs arbeiteten im IT-Bereich, wenn auch in unterschiedlichen Firmen und mit anderen Aufgabenfeldern. Emma wurde Lehrerin für Sport und Kunsterziehung, arbeitete jetzt aber an einer Grundschule, Josy als Physiotherapeutin und Cindy war Sekretärin in der Verwaltung eines Kaufhauses.

Eines Tages würden sie alle das ändern und etwas Eigenes, vollkommen Neues und Einzigartiges aufbauen, zumindest dann, wenn sie eine zündende Idee dafür hätten. Doch noch genossen sie einfach ihr Leben.

„Wir haben einen Spaziergang gemacht, sahen, dass Flohmarkt war und sind danach zufällig hier gelandet“, erklärte Emma, „doch zuvor hatten wir noch ein Erlebnis.“

„Nun erzählt doch mal, was euch Merkwürdiges passiert ist“, forderte Josy.

Emma und Noah kamen recht schnell auf die Tische mit den vielen Kindern zu sprechen. Dort stellten sie fest, dass alle malten, aber nicht nur einfach irgendwelche Bilder, sondern sie lernten gerade eine bestimmte Strichführung.

Der Mann, sicherlich ein Künstler, unterrichtete die Kleinen auf eine ganz besondere Art, denn alle lauschten ihm gebannt und versuchten dann, das Gehörte in die Praxis umzusetzen, es perfekt hinzubekommen.

„Schon bald haben wir gesehen, dass der Typ Emma regelrecht anstarrte“, erzählte Noah gerade.

„Kein Wunder, sie ist schließlich kein hässlicher Bratzen. Sind wir alle nicht.“ Cindy lachte und schaute auffordernd zu Chris.

„Da hast du vollkommen recht, mein Schatz“, erwiderte er daraufhin recht schnell und küsste sie lange auf den Mund. Die anderen johlten.

„Ich wollte einfach nur sehen, wie der es schafft, die Kinder so zu fesseln. Ich meine, wenn die bei mir was Neues lernen sollen, murren sie oft und hier war das komplett anders. Also bin ich hin, traten wir näher heran.“

„Du warst angetörnt, gib es schon zu“, grinste Noah.

„Na klar, von einem Sechzigjährigen.“

„Aber dafür hat er sich echt gut gehalten. Hemd, Hose, Weste, dazu 'ne Fliege, längere Haare, nicht ungepflegt, moderne Brille.“

„Du hast die geputzten Schuhe vergessen.“ Emma grinste fröhlich.

„Hatte er? Echt?“, staunte Noah. „Die sind mir gar nicht aufgefallen. Egal, jedenfalls starrte er Emma regelrecht an.“

„Weil ich auch Kunst unterrichte.“

„Na klar, stimmt, das wusste der natürlich, steht dir ja auch auf der Stirn geschrieben.“

Mittlerweile mussten die anderen schon lachen. Diese kleinen gespielten Eifersüchteleien, obwohl – waren sie wirklich nicht echt?

„Jedenfalls habe ich mir die Zeichnungen der Kinder angeschaut.“

„Wann?“, fragte Noah sichtlich erstaunt. „Du hattest doch gar keine Gelegenheit. Der Typ kam förmlich auf dich zu gerannt und hat dein Händchen gehalten.“

„Er hat was gemacht?“ Josy hatte zwar eben noch, genau wie die anderen, über die beiden gefeixt, doch jetzt bekam sie ganz große Augen. „Der hat dich begrabscht?“

„Nein, er hat mir nur `Guten Tag´ gesagt.“

„Mit beiden Händen. Einer völlig Fremden.“ Noah lächelte spöttisch, gab Emma ein Küsschen auf die Nasenspitze und erzählte weiter. „Und erst der Augenkontakt. Es hätte nur noch gefehlt, dass er Blitze verschießt.“

„Du spinnst. Na ja, aber komisch war es schon. Als der meine Hand umklammerte, schauderte es mich richtig.“

„Du hattest Gänsehaut?“ Josy blickte ungläubig. „Warum hast du dann nicht zugetreten oder wenigstens gespuckt?“

Alle lachten schallend, die Vorstellung an sich reizte einfach dazu.

„Nein, ich sag´ doch, es war komisch. Solch eine Mischung aus unangenehm und wohlig gut. Total merkwürdig.“ Sie dachte einige Sekunden nach. „Ich glaubte sogar, seinen Atem auf meinem Gesicht zu spüren.“

„Der hat dich angepustet?“ Cindy schüttelte sich. „Ist doch voll eklig.“

„Und dann frisst der Typ dich auch noch mit seinen Blicken auf“, feixte Chris, „oder zieht dich aus. Warum hast du nur danebengestanden? Ich hätte den Kerl verprügelt.“

„Hättest du nicht, Schatz.“ Cindy streichelte ihren Freund. „Du bist der friedfertigste, harmloseste Mann auf der ganzen Welt.“ Als Chris seine Augenbrauen hob, schob sie hinterher: „Und dafür liebe ich dich.“

„So lange hat das doch gar nicht gedauert“, verteidigte Emma ihren Freund. „Und es war auch gar nicht feindselig oder provozierend, es war einfach nur ein Blick. Na gut, ein recht langer.“ Sie schaute für einen Moment ins Leere. „Außerdem stellte er richtig, dass er kein Künstler, sondern ein Galerist

ist. Ich hatte jedenfalls das Gefühl, ich würde ihn kennen."

„Hattest du denn schon mal was mit Galeristen zu tun? Wegen der Schule oder so?", wollte Chris es jetzt genauer wissen.

„Nein, noch nie. Ich bin Grundschullehrerin, da wäre ein Galeriebesuch mit Schülern übertrieben."

„Und dann hat der Typ behauptet, er würde das Bild einer Frau besitzen, die dir ähnelt?" In Felix′ Stimme spiegelte sich seine Ungläubigkeit wider.

„Nicht ähnelt", korrigierte Noah, „er meinte, die hübsche Frau auf dem Bild, das wäre Emma."

„Eins zu eins."

„Stimmt, das hat er gesagt, eins zu eins."

„Wir hatten mal einen Maler, also ich meine, so einen Künstler bei uns im Kaufhaus", erklärte Cindy. „Der behauptete, seine Werke wären Abbilder wie Fotografien, etwas ganz Besonderes und er wollte, dass wir die ins Sortiment nehmen. Aber als er uns dann einige zeigte, also für mich waren da nur bunte dicke Striche zu erkennen."

„Was willst du damit sagen?"

„Dass oft Vorstellung und Realität ganz weit auseinander liegen. Da ist bestimmt nur eine blonde Frau drauf, und er behauptet, es wäre Emma."

„Eins zu eins."

Alle lachten.

„Genau, du hast nur einen Fisch gefangen, einen alten noch dazu …“

◆◆◆◆◆

2. Kapitel

Das Bild

„Oh Mann, war das gestern heftig“, stöhnte Felix, und die anderen nickten wissend, mehr oder weniger sogar mitfühlend. „Ich weiß offen gestanden gar nicht, wie ich nach Hause gekommen bin.“

„Auf allen vieren, mein Schatz, auf allen vieren.“ Josy fuhr ihrem Freund tätschelnd über den Kopf.

„Die Band war aber auch geil“, meldete sich Chris, „ich habe manche Lieder schon ewig nicht mehr gehört.“

Und so sinnierten die sechs über den gestrigen Abend, welchen sie beim Straßenfest erlebt hatten.

Es war eine warme Nacht gewesen, die Menschen um sie herum gaben sich fröhlich und ausgelassen, das Bier floss in Strömen und der Kater am heutigen Vormittag war ein sehr ausgewachsenes Exemplar, obendrein verdammt hartnäckig. Diverse Tassen Kaffee konnten ihn zumindest nicht verscheuchen.

„Ich hab′ doch gesagt, Feuer bekämpft man mit Feuer. Und wir sollten in unserem ganz speziellen Fall ein kühles Bier vernichten."

„Na, ob eins bei euch reicht?", gab Cindy zu bedenken und die anderen beiden Mädels grinsten dazu schelmisch. Am Ende standen sie auf und holten ihren leidenden Männern das Gewünschte, sich selbst versorgten sie mit einem eisgekühlten alkoholfreien Alster.

Drei Stunden später und nach mehreren Planschrunden im See saßen sie auf einer der Bänke am Kiosk und ließen sich ihre Bratwurst mit Pommes schmecken.

„Ihr wollt wirklich dahin?", fragte Josy. „Warum denn? Wollt ihr das Bild etwa kaufen?"

„Nee, das auf keinen Fall", schüttelte Emma den Kopf, „das könnten wir uns wahrscheinlich gar nicht leisten. Ich bin nur neugierig."

„Wäre ich auch, wenn jemand behaupten würde, ich sei auf einem Kunstwerk verewigt worden." Cindy schnitt ein Stück ihrer Wurst ab und steckte sie sich in den Mund. Man sah förmlich, wie sie darüber nachdachte. Doch die anderen auch.

„Ja, sicher. Von einem Kunstwerk hat er aber nichts gesagt, er redete nur von einem Bild."

„Und wo ist da der Unterschied?" Felix schaute zu Emma. „Kommt es nicht immer auf den

Betrachter an? Seine Meinung, von mir aus auch seine Verbindung?"

„Hm, nein, nicht ganz." Emma schüttelte den Kopf. „Es gibt Bilder, Zeichnungen, selbst Skizzen, die einen sehr hohen Wert haben. Oft ist der auch ideell, weil der Künstler viel erschaffen hat, etwas Bedeutendes vielleicht oder einen Trend setzte, Vorreiter für eine neue Epoche war. Dann sind es Kunstwerke, die findet man in Museen und bei Privatsammlern. Und sie haben ihren Preis."

„Bilder kann jeder malen", stellte Felix fest.

„Na ja, ist genau wie mit dem Singen. Da wird auch behauptet, das könnte jeder, aber wenn ich so an gestern denke …" Emma grinste die Männer an.

„Keine Ahnung, wovon du sprichst." Alle drei schüttelten den Kopf und vernichteten die Wurst von ihren Tellern.

„Wir kommen jedenfalls mit", legte Chris fest. „Und wir entscheiden, ob es ein Kunstwerk, ein Bild oder einfach nur großer Mist ist."

◆◆◆

Während die Männer sich um die Fahrräder kümmerten, dass sie sicher standen und auch angeschlossen waren, die Taschen und ihre Helme nahmen, warteten die drei Frauen bereits vor dem Schaufenster der Galerie und starrten hinein.

Weiter hinten, an einem Sekretär stehend, sahen sie den Mann, der gestern mit den Kindern gearbeitet hatte und jetzt scheinbar auf einige Bogen Papier schaute.

„Der sieht wirklich sehr vornehm aus mit seiner Fliege“, stellte Cindy fest. „Aber er ist uralt.“

„Ich fand, er sah gestern älter aus.“

„Der ist um die fünfzig“, schätzte Josy.

„Sag' ich doch, uralt. Und woher willst du das überhaupt wissen?“

„Sie landen alle auf meinem Tisch.“

Josy hatte tiefer gesprochen, sie imitierte zweifelsfrei einen Mann, einen von sich selbst überzeugten Chirurgen. Dann massierte sie einen imaginären Rücken vor ihr.

Die Mädchen mussten kichern, was der Galerist wohl mitbekam. Er drehte sich zu ihnen und sofort erschien ein strahlendes Lächeln in seinem Gesicht. Er legte die Papiere zur Seite und kam an die Tür.

„Guten Tag, Sie haben Verstärkung mitgebracht. Wunderbar, sehr schön, kommen Sie doch herein.“

Galant hielt er ihnen die Tür auf, nachdem er bei der Begrüßung sogar eine Art Verbeugung angedeutet hatte.

Die Männer beobachteten ihre Frauen, während sie beschäftigt waren, wie sie die Köpfe zusammensteckten und tuschelten. Dann kicherten sie plötzlich und setzten sich in Bewegung. Der Galerist hatte ihnen wohl geöffnet.

Schnell rannten die drei ihnen nach und wären beinahe gegen die geschlossene Tür gestoßen, die der Mann zwar noch in der Hand hielt, schon längst aber wieder mit den Damen beschäftigt war.

„Oh Entschuldigung, meine Herren, ich wusste nicht, dass Sie auch hier hereinwollen."

Selbst bei ihnen vollführte er eine kleine Verbeugung, die sie animieren sollte einzutreten.

Die sechs standen jetzt in einer supermodernen Galerie und jeder fühlte den offensichtlichen Widerspruch. Auf der einen Seite stand er, ein älterer Herr, und demgegenüber die hippe Ausstattung.

„Ich möchte mich noch einmal vielmals bei Ihnen für mein gestriges Verhalten entschuldigen", wandte er sich sofort an Emma. „Es war empörend, eigentlich unverzeihlich, aber Sie werden selbst gleich sehen, weshalb ich Sie so angestarrt habe. Anstarren musste." Dann drehte er sich zu Noah um. „Nehmen auch Sie, bitte, meine Entschuldigung entgegen, ich hätte Ihrer Frau niemals solche Blicke zuwerfen dürfen." Und wieder folgte eine Verbeugung, diesmal sogar eine richtige.

Er schien es vollkommen ernst zu meinen, was bei den beiden, also Emma und Noah, kurzzeitig eine gewisse Sprachlosigkeit hervorrief. Erst danach konnten sie versichern, dass alles okay sei, schon längst vergessen und nicht der Rede wert.

„Herzlichen Dank." Er senkte kurz seinen Kopf. „Darf ich Sie auffordern, mich zu begleiten? Ich würde Ihnen gern das Corpus Delicti zeigen, welches mein ungebührliches Benehmen ausgelöst hat. Ich gehe vor, ja?"

Und so startete er und gemeinsam verließen sie die vorderen Ausstellungsräume, um weiter hinten in einen großen zu gelangen.

In der linken Hälfte des Raumes hingen an drei Seiten Bilder, genau wie rechts. In der Mitte wurde durch eine schmale Wand eine optische Trennung erzielt. An jeder Seite dieser Wand stand eine Bank, sodass man sich die Gemälde in Ruhe anschauen und vielleicht auch auf sich wirken lassen konnte.

Aber das registrierten die sechs nur am Rande. Alle starrten auf das Bild an der mittleren Wand im linken Karree. Groß und bildhübsch war Emma darauf zu sehen. Eindeutig. Eins zu eins …

„Kann ich Ihnen vielleicht etwas Kühles anbieten? Die Hitze ist heute einfach unerträglich." Und schon verschwand der Mann, ohne eine Antwort abzuwarten.

„Das bist eindeutig du", stellte Josy fest. „Dein Hut gestern, die gelben Bänder daran, und selbst dein Kleid, siehst du, da sind auch Sonnenblumen drauf."

„Das hat der Alte sicher gestern erst gemalt, so aus der Erinnerung heraus", war sich Cindy ziemlich sicher.

Emma hatte bis jetzt regungslos verharrt. Nun ging sie aber näher an das Bild heran, sie stieß fast mit der Nase darauf. Dann nahm sie eine Hand und führte sie über das Bild, ohne es wirklich zu berühren.

„Nein, das ist Ölfarbe. Die riechst du noch Wochen nach Gebrauch. Das hier ist alt, sehr alt, da ist schon Patina drauf."

„Das kaufe ich sofort", entschied Noah, „wäre ja noch schöner, wenn sich irgendein perverser Sack an deinem Konterfei aufgeilen würde."

„Das wird wohl nicht unsere Preisklasse sein, selbst wenn du all unser Erspartes einsetzt."

„Ihr wollt doch nächstes Jahr heiraten", meinte Felix. „Dann vergesst mal die typischen Hochzeitsgeschenke für die Ausstattung oder den Haushalt. Habt ihr sowieso schon alles. Wir beteiligen uns an dem Bild, oder?" Fragend schaute er zu Josy, die kräftig nickte.

„Wir auch, wir machen ebenfalls mit, richtig, Schatz?" Cindy stieß Chris in die Seite, bis er ebenfalls zustimmte.

„Ja, aber leider nicht möglich", hörten sie den Galeristen, der mit einem großen Tablett in den Händen zu ihnen zurückkam. Aus einem Glaskrug mit Wasser, Zitronenscheiben und grünen Blättern goss er das erfrischende Getränk in sechs Gläser, welche bereits Eiswürfel enthielten.

„Sie haben recht, Emma. Ich darf Sie doch so nennen, oder?“ Er wartete, bis sie zugestimmt hatte. „Das Bild ist wirklich alt, Ende siebzehntes, vielleicht Anfang achtzehntes Jahrhundert. Und nein“, hier widmete er seine Aufmerksamkeit Noah, „bedauerlicherweise wird es Ihnen nicht möglich sein, es käuflich zu erwerben. Obwohl ich Sie voll und ganz verstehen kann.“

„Und warum nicht? Weil es so teuer ist und wir uns das bestimmt nicht leisten können?“

Noah hatte einen recht provokativen Ton in der Stimme. Beschwichtigend hob der Mann sofort die Arme.

„Um Himmels willen, nein, solch eine Einschätzung würde ich mir gar nicht anmaßen.“ Er senkte die Arme wieder und forderte nun mit der Hand, dass sie sich den Wänden zudrehen sollten.

„Die drei Bilder, jeweils in der Mitte, sind Leihgaben eines Mäzens. Eines stillen, anonymen Mäzens, der nur über Agenten kommuniziert.

Er besitzt viele Kunstwerke, die alle in der Welt verteilt sind und regelmäßig getauscht werden. Und offen gestanden, weiß ich gar nicht, wie diese kleine unscheinbare Galerie in seinen Fokus geraten ist, wo doch viel bedeutendere um seine Gunst buhlen. Selbst wenn ich wollte, ich wüsste nicht einmal, wie ich diesen Kunstkenner erreichen könnte."

In seiner Stimme lag echtes Bedauern, er wirkte überhaupt authentisch, so ehrlich, ganz im Gegensatz zu den Vorstellungen, die man sonst von solchen Leuten hatte. Da dachte man doch eher an extravagante, überhebliche Zeitgenossen, die mindestens einen Spleen hatten, eher mehr. Die dich spüren ließen, dass du überhaupt keine Ahnung von Kunst hast und jedes Original bei dir fehl am Platze ist.

„Aber vielleicht habe ich etwas anderes für Sie. Schauen Sie mal, dieses Bild hier, das aus der gleichen Zeit stammen müsste, vielleicht auch einige Jahre früher entstanden ist. Sehen Sie mal genauer hin, erkennen Sie die junge Frau wieder?"

Alle drehten sich zu dem Bild, auf welchem ein Herrenhaus, vielleicht auch ein Schloss, zu sehen war. Einige sehr breite Stufen führten zum Eingang hin, zu einer riesigen Tür. Das Vordach wurde von vier Säulen gehalten. Doch es diente nicht nur als schützende Überdachung, für die Etage darüber war es zugleich ein ausladender Balkon mit einem wunderschönen Geländer.

Vorn an den Stufen standen drei Personen, ein Mann, sicherlich der Herr des Hauses, und auf seiner rechten Seite ein Junge, vielleicht vierzehn oder fünfzehn Jahre alt. Der Mann hatte den Arm um die Schulter des Sohnes gelegt.

Links von ihm stand seine Gattin, einen Kopf kleiner als er und beide hielten sich an den Händen.

Alle waren vornehm gekleidet, selbst der Junge mit seiner kurzen Hose und der Kappe auf dem Kopf.

Ein breiter Weg, der an beiden Seiten durch große Bäume flankiert wurde, führte geradewegs auf den Eingang zu. Vor dem Herrenhaus oder auch Schloss deutete diese Allee einen weiten Bogen an, sodass die Kutschen vor dem Portal halten konnten, um die illustren Gäste ein- und aussteigen zu lassen, und dann gleich Platz für das nächste Gefährt zu schaffen.

Im Rondell vor der Einfahrt zog ein Springbrunnen die Blicke auf sich. In dessen Mitte hielt eine Frau, vielleicht eine Göttin, einen Krug im Arm, aus dem Wasser floss. Auf dem Rand saßen Fische, die das Wasser zurück ins Becken sprudeln ließen.

In der unteren Mitte des Bildes, also am Ende des Weges, da war sie. Vielleicht, denn man sah sie nicht von vorn. Es erschien nicht so, als würde sie das Anwesen verlassen, es war eher, als wäre sie zurückgekommen.

Allerdings saß sie in einem Stuhl und direkt hinter ihr stand ein Mann. Das Mädchen hatte diese langen blonden Haare und das Stückchen Profil, welches man erkennen konnte, hatte wirklich Ähnlichkeit mit Emma. Na ja, vielleicht auch nur, wenn man es so sehen wollte.

„Dieses Bild ist von demselben Maler, der aber weder zeit seines Lebens noch danach zu großer Berühmtheit gelangt ist. Da das Mädchen dort jünger erscheint, liegt die Vermutung auf der Hand, dass es einige Jahre vor dem Porträt erschaffen wurde. Und dieses Kunstwerk können Sie kaufen, zumal es einen kleinen Mangel aufweist. Es ist trotz seines Alters nicht sehr teuer, wobei das ja relativ zu sehen ist, immer im Auge des Betrachters liegt."

„Was für einen Mangel hat es?"

„Sehen Sie sich die Stelle neben der Frau an. Dort ist die Farbe ein wenig dicker, als wäre etwas übermalt oder verbessert worden."

„Sie meinen, jemand anderes hätte darauf herumgemalt?" Cindy war schockiert. „Und das wollen Sie verkaufen?"

„Ich glaube nicht, dass es jemand anderes war, die Strichführung ist genau wie die des Malers. Lediglich die Farben weichen um winzige Nuancen voneinander ab, deshalb fällt es auch erst beim genaueren Hinsehen auf, aber wirklich nur dann. Nein, ich glaube, es war der Maler selbst. Aber aus welchem Grund, nun, das weiß ich wirklich nicht."

„Gehört das auch dem Mäzen?", wollte Noah wissen.

„Ja, alle, die Sie hier in den beiden Räumen sehen."

„Und warum verkauft er dieses und nicht das andere?" Chris zeigte sehr offen seine Skepsis. Er sah einfach keinen Sinn darin, einige Bilder nur auszustellen, andere aber zu veräußern, da doch offensichtlich alle mehr oder weniger zusammengehörten.

„Sie haben recht, das ist sehr, sehr ungewöhnlich. Ich vermute, dass der Mäzen eine sehr große Sammlung besitzt, in die er vielleicht mehr Ordnung hineinbringen möchte. Oder er hat einfach nur sein Faible für Porträts entdeckt, denn die gehören zu den Unverkäuflichen." Er zuckte einmal kurz mit den Schultern. „Aber wer kann schon die Gedanken eines anderen Menschen lesen, sicher noch weniger in dessen, der sich unsichtbar macht."

„Wissen Sie, wo das Haus, äh, das Anwesen, oder was auch immer es ist, liegt? Es wird ja wohl kein Fantasiegebilde sein, oder?"

Emma hatte die ganze Zeit vor dem Bild gestanden und es angeschaut, ohne jede Regung oder gar eine Beteiligung an dem Gespräch. Jetzt schaute sie direkt zu dem Galeristen.

„Ich würde mal sagen, es ist ein herrschaftliches Anwesen, sehr großzügig und auch vornehm, also typisch für die damalige Zeit. Und ja, es befindet sich sogar hier in der Nähe, nur rund achtzig Kilometer entfernt."

„Es existiert also noch?"

Cindy war nicht die Einzige, die plötzlich überrascht schaute. Vielleicht wohnte dort auch der angeblich so unsichtbare Mäzen? Dann würde es logisch sein, dass er seine Bilder in diese Galerie gibt und andersherum hätte man Gelegenheit, ihn auch zu fragen, ob er sich nicht doch von Emmas Porträt trennen könnte.

„Nun, es existiert zwar, aber der Zahn der Zeit, die vielen Jahrhunderte haben ihre Spuren hinterlassen, zumal das Herrenhaus wohl schon sehr lange nicht mehr bewohnt ist.

Es stehen eigentlich nur noch die Reste der Grundmauern, bis auf einen Flügel, und die Dächer existieren schon lange nicht mehr. Heute ist es nur noch eine Ruine, ein Relikt aus längst vergangener Zeit und selbst der damals bestimmt prächtige Park ist verwildert. Ein Stillleben, ein Kleinod für Menschen, die auf so etwas stehen."

„Willst du das Bild haben?" Noah fragte Emma, die wieder darin versunken schien. Statt einer Antwort wandte sie sich an den Galeristen.

„Kann ich mir das noch überlegen?"

„Selbstverständlich, solange Sie möchten", antwortete er beflissentlich. „Lassen Sie sich ruhig Zeit, bis jetzt hat sich kein anderer Besucher dafür interessiert. Vielleicht noch ein Wasser?“

◆◆◆◆◆

3. Kapitel

Ihre Exzellenz

Emma war meistens schon früher als Noah zu Hause und nutzte die Zeit, den Unterricht zu planen oder auch nachzubereiten. Manchmal hatte sie auch Arbeiten zu kontrollieren, aber das hielt sich in der Unterstufe Gott sei Dank in Grenzen.

Sie hatte gerade den Kaffee gekocht, da kam ihr Freund auch schon durch die Tür. Gemeinsam gingen sie auf die große Terrasse, die wohl das Beste an der Wohnung war, denn von dort hatte man einen weiten Blick über Wiesen und Felder. Bestimmt nicht mehr lange, überall entstanden Wohngebiete und es war sicher nur noch eine Frage der Zeit, wann ein neu gebauter, supermoderner Block oder Glaspalast ihnen diese schöne Aussicht versperren würde.

Nach einer Weile, in der sie über den Tag und auch die Probleme sprachen, vor denen sie standen, lenkte Emma das Gespräch in eine andere Richtung.

„Was hältst du davon, wenn wir am Samstag mal hinausfahren, ich meine, zu der Ruine des Herrenhauses? Ich würde mir das gerne einmal anschauen."

„Warum das? Der Typ sagte doch, da stehen nur noch einige Grundmauern."

„Ja, das hat er gesagt, aber es war so merkwürdig. Als ich auf das Bild schaute, kam es mir so vor, als würde ich es kennen."

„Vielleicht habt ihr über den Maler während des Studiums gesprochen und du hast das nur vergessen. Als er dann auf das Bild zeigte, kamen die Erinnerungen zurück, deshalb kam es dir bekannt vor."

„Nein, es ist nicht das Bild. Anscheinend ist es das Haus oder das ganze Drumherum. Ach was", meinte sie und machte eine lapidare Handbewegung, „ich war vielleicht wirklich nur von dem Porträt so geschockt."

„Das waren wir alle. Aber am Samstag können wir nicht dorthin fahren, da haben uns doch deine Eltern eingeladen. Was hältst du denn von dem danach?"

„Du würdest mitkommen?"

„Klar, warum nicht? Wir könnten uns einen schönen Tag machen, packen eine Decke und Leckeres zum Picknicken ein, schließlich meinte er, es sei ein Stillleben. Vielleicht auch noch die Badesachen, falls wir an einem tollen See vorbeikommen."

„Nehmen wir die anderen auch mit?"

„Hm, weiß nicht. In meiner Vorstellung eben waren nur wir zwei dort, ganz allein im Garten eines verwunschenen Schlosses."

„Herrenhauses", verbesserte Emma zwinkernd, „nur ein Herrenhaus, dafür aber mit einem Park, nicht nur einem kleinen Garten drumherum."

„Egal, Hauptsache verwunschen." Er küsste sie zärtlich auf den Mund und man musste kein Prophet sein, um seine Gedanken zu erraten. Oder die Bilder, die er gerade im Kopf hatte.

„Schlagen wir den anderen nun vor mitzukommen?", provozierte sie ihn, leise in sein Ohr flüsternd.

„Keine Ahnung, wenn du unbedingt darauf bestehst, fragen wir sie doch einfach am Sonntag." Offensichtlich hatte er ihre Andeutungen nicht verstanden …

◆◆◆

„Ihr wollt wohin?" Alle waren erstaunt, aber nur Cindy hatte sofort die Frage gestellt. „Ich bin ja immer noch der Meinung, dass der Typ das Bild, also das Porträt, erst gemalt hat, nachdem er dich gesehen hat."

„An die Sache mit der Ölfarbe kannst du dich aber noch erinnern, oder?", forderte Emma sie grinsend heraus. „Und dass man die verdammt lange riecht?"

„Dann hat er eben irgendwelches Zeug darauf gesprüht, was den Geruch neutralisiert. Vielleicht mit einer Absaugvorrichtung gearbeitet oder genau das Gegenteil, frische Luft raufgeblasen." Cindy zeigte, dass das mit der Ölfarbe kein Argument war, zumindest nicht für sie. „Und was ist überhaupt mit dir? Bist du gesund, hast du vielleicht eine verstopfte Nase, 'ne Allergie oder so was? Vielleicht hast du auch Corona, da sollen die Menschen ja nichts mehr riechen und schmecken können."

„Ganz schön viele `oder´", musste inzwischen auch Josy anmerken. „Aber warum willst du denn nun wirklich dahin?"

„Weil es so komisch war, als ich vor dem Bild stand. Alles kam mir bekannt vor, fast vertraut, als hätte ich es schon mal gesehen, aber eben nicht als Ruine, sondern so, wie es auf dem Gemälde dargestellt war." Emma dachte kurz nach, wie sie ihre Gefühle in der Galerie am verständlichsten beschreiben könnte. Die anderen warteten geduldig, bis sie die richtigen Worte gefunden hatte.

„Das Bild, es strahlte Ruhe aus, es zog mich sofort in seinen Bann, aber nicht, weil es so einen friedlichen Eindruck machte." Sie schüttelte den Kopf, weil sie wohl mit ihren Gefühlen nicht klarkam oder sich so schlecht artikulieren konnte. „Ich wollte sofort dahin, weil ich genau dort hingehöre, als wäre ich es in dem Stuhl." Emma erschrak selbst in diesem Moment, über sich und ihre Erklärungen.

„Oho, unsere Zeitreisende. Oder bist du wiedergeboren?", zog Felix sie sofort auf.

„Quatsch, ich habe nur gesagt, was in mir vorging. Um genau das zu ergründen, fahren wir am Samstag hin. Eigentlich wollten wir gestern schon los, aber meine Eltern hatten uns eingeladen. Was ist mit euch? Wollt ihr nicht mitkommen?"

Obwohl der Tag und die Möglichkeiten verlockend waren, dies alles mit Noah allein an einem verwunschenen Ort zu genießen, hätte sie doch gern ihre Freunde dabeigehabt.

„Geht nicht, da sind wir bei meinen Eltern", antwortete Felix, Josy nickte zustimmend.

„Und wir müssen arbeiten." Sowohl Cindy als auch Chris hoben bedauernd die Schultern. „Aber schaut euch das ruhig mal an. Wenn du dann immer noch das Gefühl hast, du würdest es kennen, könntest du ja so etwas wie Ahnenforschung betreiben. Vielleicht bist du wirklich eine Ur-, Ur-Urahnin von irgendeinem reichen Pinkel."

Manchmal war es schwer zu erkennen, ob Cindy es ernst meinte oder nur wieder jemanden richtig aufzog. Doch ihre Anmerkungen lösten weitere Spekulationen aus.

„Ihr wollt doch ohnehin in den nächsten Jahren ein Haus bauen, das Grundstück hättet ihr dann ja schon mal", stellte Felix ziemlich nüchtern fest.

„Du hast doch gehört, das ist achtzig Kilometer weit weg. Sollen wir die Strecke jeden Tag pendeln? Da sitzen wir ja fast nur noch im Auto." Entsetzt schüttelte Noah den Kopf.

„Es gibt auch Busse und Züge", konterte Cindy sofort, „aber vielleicht braucht ihr das alles gar nicht mehr. Wenn sie die Erbin ist, gehört bestimmt noch 'ne ganze Menge Schotter dazu, wahrscheinlich so viel, dass ihr das ganze Schloss wieder aufbauen könnt."

„Herrenhaus", meinte Emma, „wenn schon, dann nur ein Herrenhaus."

„Na immerhin", grinste Felix. „Bist du dir sicher, dass ihr erst nächstes Jahr heiraten wollt? Vielleicht ist Emma eine verdammt reiche Partie und dann überlegt sie es sich womöglich noch anders. Haben die früher nicht auch immer nur in ihren Kreisen geheiratet?"

„Weißt du, was ich bei dem Bild nicht verstanden habe?", überging Josy die Frage und wandte sich direkt an Emma. „Drei Leute standen auf der

Treppe. Der Galerist sagte, dies seien Vater, Mutter und der Sohn. Das Mädchen auf dem Stuhl hingegen saß in der Einfahrt, richtig?"

Alle versuchten, sich an das Bild zu erinnern. Langsam kam bei ihnen ein bestätigendes Nicken.

„Worauf willst du hinaus?", fragte Felix dann doch. „Außerdem stand da noch jemand, ein zweiter Mann hinter ihr, also ein Freund, ihr Partner oder der größere Bruder."

„Fandet ihr den Stuhl in der Einfahrt nicht auch komisch?"

„Vielleicht ist das nur so etwas wie eine Terrasse, eine Sonneninsel, oder was weiß ich, wie die das früher bezeichnet haben, und der Maler hat das eben so blöd dargestellt", überlegte Cindy.

„Was willst du damit sagen?", wollte Noah nun wissen.

„Ein Stuhl in einer Einfahrt ergibt für mich überhaupt keinen Sinn, es sei denn, das da auf dem Bild ist ein Rollstuhl. Und in dem Fall wäre der Mann dahinter wohl eher ein Bediensteter. Das würde auch erklären, weshalb von dem kaum mehr als eine Andeutung zu sehen war, als Familienmitglied wäre der bestimmt richtig in Szene gesetzt worden."

„Ein Rollstuhl?", fragte Cindy erstaunt. „Gab es die damals überhaupt schon?"

„Ja, wir waren während der Ausbildung mal in einem Museum. Ganz früher wurden die Menschen in einem Sitz getragen, also nur die Herrscher, denke ich. Später, als man das Rad erfunden hatte, konnte man sie schon schieben, genau wie Kinderwagen."

„Ich kann mich nicht an Räder unter dem Stuhl erinnern", überlegte Chris, „ihr etwa?"

„Nein, ich auch nicht. Aber schaut selbst." Josy holte ihr Handy aus der Tasche.

„Du hast ein Foto gemacht?" In Cindys Stimme klang eindeutig Erstaunen mit, aber auch so etwas wie Hochachtung. „Habe ich gar nicht mitgekriegt."

„Warum hast du das gemacht?", wollte Emma wissen.

„Keine Ahnung, wahrscheinlich, weil du so unschlüssig warst, ob du es kaufen sollst oder nicht. Ich wollte es dir schicken, damit du in Ruhe überlegen kannst, ohne gleich wieder in die Galerie rennen zu müssen, habe es dann aber vergessen. Erst jetzt ist es mir wieder eingefallen."

Und so ging ihr Handy von Hand zu Hand.

„Es ist nicht zu sehen, ob an dem Stuhl Räder sind. Das ist auf dem Bild nicht mehr drauf." Noah gab das Telefon wieder zurück.

„Das liegt an der Perspektive", erklärte Emma, „auf dem eigentlichen Fokus des Malers. Es ging ihm nicht um das Mädchen, die Familie war wichtig."

„Ja, aber schaut mal die Hände des Mannes hinter ihr an. Für mich sieht es so aus, als würde er fest zugreifen." Josy hielt das Handy so, dass alle mal darauf schauen konnten. „Ist bestimmt ein Diener, deshalb nur im Hintergrund."

„Die Familie war bestimmt reich, bei der Hütte. Hatten die dann einen Titel, so etwas wie Graf oder Baron?", überlegte Felix. Doch niemand ging auf diese Frage ein.

„Ja, fahrt ruhig mal hin", bemerkte Cindy, „selbst, wenn du nichts erben solltest, ist es diese kleine Reise wert. Sicher ist es ein schönes Fleckchen Erde. Wer weiß, was es da nicht alles zu entdecken gibt." Sie zwinkerte beiden zu.

„Das kann ich dir jetzt schon sagen", entgegnete Noah, der die Anspielung wohl nicht mitbekommen hatte. „Da ist nämlich gar nichts. Der nächste Ort, ein größeres Dorf, liegt gute zwölf Kilometer entfernt."

„Du hast dich erkundigt?", fragte Emma ganz überrascht.

„Na ja, erkundigt ist ein bisschen übertrieben, ich habe nur etwas gegoogelt."

„Warum?"

„Weil wir beide vorhaben, einen Ausflug dorthin zu machen und unsere Freunde vielleicht mitkommen würden? Da wollte ich schon wissen, was es in der Gegend noch so gibt, wo man einkehren oder sich was anschauen kann."

„Und da ist gar nichts in der Nähe?" Felix klang erstaunt.

„Nein, bis auf das Dorf eben. Das Herrenhaus selbst liegt inmitten von Wiesen und Feldern, aber das Areal ist wirklich groß. Auf Google earth kannst du die Reste der Ruine erkennen und drumherum ganz viel Grün. Das war früher wahrscheinlich ein riesiger Park oder so."

„Vielleicht solltest du doch erben", grinste Cindy, „dann hätten wir alle schon mal unsere Grundstücke zum Bauen."

„He, wir wollen doch gar kein Haus bauen", stellte Chris klar. „Lieber eine Eigentumswohnung kaufen, irgendwann mal, wenn wir im Lotto gewonnen haben."

„Passt doch, das Herrenhaus ist für die beiden viel zu groß, sicher vermieten sie uns einen Flügel."

„Und dann pendeln wir alle im Kleinbus zu Arbeit." Noah schaute anfangs noch verstimmt, aber schnell zeigte sich ein Grinsen in seinem Gesicht.

„Wer weiß, vielleicht seid ihr ja wirklich bald stinkreich und wir, eure Freunde, haben auch was davon. Also, fahrt gefälligst hin und klärt das mit eurem Stammbaum und dem Erbe", bestimmte Cindy, revidierte sich aber gleich selbst. „Na ja, solange ihr nicht den Bund der Ehe geschlossen habt, ist wohl nur Emma die Wohlhabende. Unsere Freundin."

War es nur Stolz in ihrer Stimme oder schwang da so etwas wie Schadenfreude mit? Egal, denn bereits zwei Tage später wurden alle Pläne ad acta gelegt …

„Liebes, mit unserem Ausflug am Samstag wird es wohl nichts", erklärte Noah, als er von der Arbeit nach Hause kam und gerade dabei war, die Tür hinter sich zu schließen. „Ich muss zu einem Seminar, schon am Freitagmittag und Schluss ist erst Sonntag. Tut mir echt leid, ich hatte mich auch schon darauf gefreut, Frau Baronin. Oder heißt es Baroness?"

Seit dem Sonntag waren sich alle irgendwie sicher, dass Emma eine reiche Erbin ist, natürlich mit Titel. Und jeder zog sie damit auf, sodass ihr mittlerweile nichts anderes mehr übrigblieb, als nur noch die Augen zu verdrehen.

„Und das erfährst du erst heute?"

„Ja, einer der Teilnehmer ist ausgefallen und so bin ich nachgerutscht." Er nahm sie tröstend in den Arm. „Aber Frau Gräfin, ich verspreche hoch und heilig, am nächsten Samstag besuchen wir deinen Herrensitz."

„Nehmen wir deine Eltern mit?“, fragte Emma spöttisch, „schließlich sind wir bei ihnen. Du wolltest doch deinem Papa beim Aufbau des Schuhschrankes helfen.“

„Mist, das hatte ich ganz vergessen. Sorry, Ihre Exzellenz.“

„Hör auf mit dem Quatsch.“

„Gerne. Tut mir wirklich leid, gnädige Dame, äh, Lady Emma.“

◆◆◆◆◆

4. Kapitel

Der Ausflug

Sie war an diesem Freitag schon kurz nach dem Mittag zu Hause. Noah hatte den Seminarort auch erreicht, das Hotel sei cool, die Leute ebenso, mit anderen Worten, er war sehr zufrieden.

Emma weniger. Sie wusste nichts Vernünftiges mit sich anzufangen, und die beiden Freundinnen hatten keine Zeit für sie, da sie noch arbeiten mussten. Kurzentschlossen machte sie sich auf den Weg zu ihren Eltern.

Während sie mit dem Auto dafür eine gute halbe Stunde brauchte, war sie mit dem Fahrrad sogar einige Minuten schneller, da sie die Strecke etwas abkürzen konnte. Aber sie hatte keinen Bock, allein zu fahren. Sonst war immer Noah an ihrer Seite und konnte helfen, falls es einen Defekt gab. Der Drahtesel war irgendwie darauf programmiert, sie immer mal wieder im Stich zu lassen.

Ihre Eltern hatten die Story mit dem Porträt zwar schon gehört, wollten aber, dass Emma sie noch einmal erzählt, nur eben viel ausführlicher und mit allen Details.

Also begann sie bei den Blicken, die der Galerist ihr immerzu und schon von Weitem zugeworfen hatte. Sie erzählte von dem extrem langen Händedruck, der so komisch war und dem Anhauchen. Es wäre fast so gewesen, als hätte sie seine Luft eingeatmet.

Dann sprach sie von dem allgemeinen Schock, den das Porträt bei allen ausgelöst hatte, und den Vermutungen, dass es erst nach dem Treffen von dem Galeristen gemalt worden wäre, weil es ihr wirklich glich. Eins zu eins, wie er so schön sagte.

Am Ende kamen sie auf das Herrenhaus zu sprechen und auch auf Cindys Vorschlag, mal im Ahnenregister nachzuforschen.

„Die Mühe kannst du dir sparen." Ihr Vater schüttelte den Kopf, „unsere Vorfahren leben schon seit tausenden von Jahren hier in dieser Stadt, da hat sich keiner woanders hin verdrückt oder reich geheiratet."

Emma ging lieber nicht darauf ein, dass sie in diesem Jahr erst den siebenhundertsten Geburtstag der doch so uralten Stadt feierten.

„Wie heißt denn die Familie?“, wollte ihre Mutter wissen, „wir haben sicher nicht den gleichen Nachnamen.“

Gute Frage, stellte Emma fest. Sie hatte keine Ahnung und war sich nicht einmal sicher, ob der Galerist ihn überhaupt erwähnt hatte. Zudem spielte der Name gar keine Rolle.

„Trotzdem war es so merkwürdig“, antwortete sie, „als ich das Bild sah, wusste ich sofort, dass ich einiges kannte. Also den Ort, oder das Haus, was weiß ich, es war jedenfalls alles so vertraut.“

„Was habt ihr denn getrunken?“, wollte der Vater wissen. „Erst wird dir komisch, als der Galerist deine Hand hält und dann noch mal, als du das Bild mit dem Herrenhaus siehst.“ Er überlegte einen kurzen Moment. „Bist du vielleicht schwanger?“

Auf seinem Gesicht erschien sofort ein freudiges Lächeln und es war mehr als eindeutig, dass sie ihm damit wohl die größte Freude bereiten würde.

„Nein, bin ich nicht“, antwortete sie schnell. Aber dann überlegte Emma, dass sie es eigentlich gar nicht so genau wusste, ihr Shit wäre erst in einigen Tagen fällig. Nein, ich bin nicht schwanger, war sie sich sicher. Hm, oder doch?

Denn Papa hatte recht, das würde wenigstens die merkwürdigen Gefühle erklären, da spielten bei einem die Hormone verrückt. Sie sollte schon mal einen Test machen …

Es wurde ein wunderschöner Nachmittag und auch der Abend war angenehm, schnell hatten sie andere Themen gefunden und so vergaß sie fast, dass Noah gar nicht zu Hause war, wenn sie zurückkommen würde.

Als sie im Bett lag, spürte sie seine Abwesenheit fast körperlich. Doch anrufen oder schreiben konnte sie nicht mehr, das hatte sie in den vergangenen Stunden ein wenig übertrieben, sodass Noah bereits wissen wollte, ob wirklich alles in Ordnung ist.

Dann fragte er tatsächlich noch, ob sie schwanger sei. Nein, und nun würde sie sich bestimmt nicht noch einmal melden …

Am Morgen wusste Emma dann ganz genau, wie sie den Tag verbringen wollte. Trainiert durch den Schuldienst, war sie zeitig wach, gönnte sich erst einmal ein ausgiebiges Frühstück und danach sogar noch eine weitere Tasse Kaffee.

Noah erzählte ihr, dass alle am Abend einige Zeit in der Bar gesessen hätten, er aber ganz schön erledigt gewesen wäre, zumal der richtig anstrengende Teil erst heute käme.

Auf die Frage, was sie so vorhätte, antwortete sie ausweichend und schob den Haushalt und die

Wäsche vor, doch sie musste innerlich feixen. Nein, mit diesen profanen Dingen würde sie sich heute bestimmt nicht beschäftigen.

Und dann fuhr sie los. Sicherheitshalber hatte sie den Rucksack mit ihren Badesachen im Auto verstaut, wer weiß, Noah vermutete ja auch, dass sie auf dem Weg zur Ruine vielleicht an einem wunderschönen See oder einem Freibad vorbeikämen. Zudem schien die Sonne schon am Morgen mit voller Kraft, es würde bestimmt wieder ein heißer Tag werden.

Das Navi gab ihr die Richtung vor, im Radio spielten sie ausnahmslos gute Musik und sie sang jeden Titel lauthals mit. Wenn auch nicht immer mit dem richtigen Text, aber das war ihr vollkommen egal. Heute würde sie einfach nur Spaß haben wollen …

◆◆◆

Emma fand es auf Anhieb, was wirklich nicht schwer war. Noah und auch Google earth hatten recht, es war ein riesiges grünes Kleinod inmitten von Wiesen und Feldern.

Zuvor hatte sie noch an einer Gaststätte mit gutbürgerlicher Küche Rast gemacht, ein großes

Hamburger Schnitzel mit Bratkartoffeln verdrückt und war demzufolge mehr als übersatt.

Seit sie die Stadt hinter sich gelassen hatte, zeigte sich ein Lächeln auf ihrem Gesicht, doch sie hätte noch nicht einmal genau sagen können, warum es ihr so gut ging. Sie war einfach nur glücklich, als hätte sie Ballast abgeworfen. Nein, es musste etwas anderes sein …

Nicht nur der Gedanke, die hektische, stinkende Stadt hinter sich gelassen zu haben, sondern angekommen zu sein, beschäftigte sie. Wo angekommen? Was für ein merkwürdiges, fast verstörendes Gefühl, wenn die Sonne nicht so herrlich scheinen würde.

Emma fuhr das Auto auf dem fast schon zugewachsenen Weg ein stückweit zu dem Anwesen hinein, nahm die Decke, die sie vorsorglich eingepackt hatte, aus dem Kofferraum, und schnappte sich dazu noch eine Flasche Wasser. Sie würde sich ein schönes Plätzchen suchen und einige Minuten vor sich hindösen. Eine Stunde Mittagsschlaf wäre wahrscheinlich genau das Richtige, was sie jetzt brauchte, zumal sie gut gespeist hatte.

Schon bald erblickte sie einen wunderschön ausladenden großen Baum, eine Hängeweide, um genau zu sein. Der war perfekt, doch als sie ihn ansteuerte, hörte sie leises Gemurmel. Sie war wohl doch nicht ganz allein hier.

Langsam, fast zögerlich, ging sie in diese Richtung. Es war ein Mann, so viel konnte sie bereits erkennen und das Gemurmel entpuppte sich mittlerweile als eine Art Rezitation. Jemand sprach die Verse eines Gedichtes.

Je nähe sie kam, desto lauter, vor allem betonter wurde die Stimme und sie empfand das unbestimmte Gefühl, sie zu kennen, sie schon einmal gehört zu haben …

Emma hatte bereits den vermeintlichen Traumplatz unter der Trauerweide verlassen und sah nun das ehemalige Herrenhaus vor sich, zumindest die Reste, die von Wind und Wetter verschont geblieben waren.

Die Stufen zum Eingang waren noch relativ gut erhalten, wenn auch nicht komplett auf ihrer ganzen Länge. Grasbüschel, Löwenzahn, vor allem wilde Brombeeren bildeten einen unebenen Teppich und hielten die Steine zusammen.

Nur eine der Säulen hatte die Zeit in ihrer vollen Größe überlebt, die anderen drei ähnelten noch kurzen Stumpen, waren Fragmente einer ehrwürdigen Erscheinung. Die abgebrochenen Teile lagen drumherum verstreut und Emma musste genau aufpassen, wohin sie ihre Füße setzte, wollte sie nicht der Länge nach hinfallen. Die Ranken der Brombeeren schlangen sich um ihre Füße und erschwerten zusätzlich ihren Aufstieg.

Da, wo einstmals eine breite Tür ins Innere führte, befand sich nur eine Öffnung. Doch selbst die war schon lange nicht mehr richtig erkennbar, weil Teile der angrenzenden Wände fehlten.

Überhaupt, wo waren die ganzen Steine geblieben, fragte sich Emma gerade, als sie zögerlich den Flur, den großen Eingangsbereich betrat. Es müssten doch viel, viel mehr hier liegen, nicht nur so wenige.

An beiden Seiten führten Treppen in das Stockwerk darüber, welches aber auch schon lange nicht mehr existierte.

Rechts und links waren Räume, vermutlich sehr große, und an ihnen schloss sich jeweils ein Flügel an. Das konnte man gut erkennen, da die Grundmauern erhalten geblieben waren, auch wenn nur noch in Fragmenten. Von dem rechten Flügel allerdings standen sogar noch die Außenwände.

Sie stieg über einige Steine, Ziegel und Balken, wahrscheinlich die des Daches, aber auch über Unrat, vielleicht Reste der Möbel, um einen besseren Blick zu bekommen.

Einige Zimmer lagen hintereinander, verbunden durch einen breiten Flur auf der Innenseite. Emma erkannte, dass es früher wohl drei Räume waren, erhellt durch große Fenster, deren Öffnungen darauf schließen ließen.

Ihr Blick richtete sich nun auf die kleinen Details, sie erkannte Kamine, herabgefallene Teile der Decke sahen aus wie Stuck, auch ein Stück Tapete in Bordeaux mit Goldstreifen zeugte von Luxus. Das war früher bestimmt mal ein sehr herrschaftliches, ausgesprochen vornehmes Haus gewesen.

Emma schaute nach oben und sah den strahlend blauen Himmel über sich. Ein Schwarm Vögel flog gerade vorüber, einige Tiere schnatterten laut. Vielleicht waren es Enten, nein, wohl eher Wildgänse, sie schienen ziemlich groß zu sein.

Wieder hörte sie die nun schon bekannte Stimme, die zwischenzeitlich lauter geworden war und eindeutig von einem Mann stammte. Er rezitierte tatsächlich, betonte Wörter und einzelne Silben.

Anfangs dachte sie, als sie aus dem Flur über ein kleines Stück Mauer stieg, dass sie jetzt im Innenhof des Herrenhauses gelandet sei, aber auch das schien damals ein großes Zimmer gewesen zu sein.

Vielleicht die Küche, vermutete sie, früher aßen ja alle Diener und Mägde zusammen, fernab von den vornehmen Herrschaften.

Als Emma aus der vermeintlichen Küche ins Freie trat und jetzt einen offenen Blick hatte, der nicht durch Reste von Wänden und herabgefallenen Balken versperrt war, bot sich ihr ein vollkommen anderes Bild.

Vor ihr erstreckte sich eine grüne Wiese, gemähter Rasen, zumindest eine überschaubare Fläche davon, und in dessen Mitte thronte ein weißer hölzerner Pavillon. Selbst wenn auch an ihm der Zahn der Zeit genagt hatte, so wirkte er immer noch stattlich, regelrecht erhaben.

Es waren die kleinen Dinge, die ihr sofort ins Auge fielen, Rosenranken, die die glatten Holzpfosten verschönerten und Bänke, die direkt an den runden Wänden angebracht schienen. Nur das, was genau in der Mitte des Pavillons stand, irritierte sie: Ein Campingtisch und zwei Stühle, beide mit einer grell orange gestreiften Auflage versehen.

Dort stand auch er, in voller Größe, mit einer Brille auf der Nase, in der einen Hand ein Buch, die andere von sich gestreckt, als wollte er damit die Worte betonen, und nun mit überraschtem Blick.

„Fräulein Emma, Sie haben mich erschreckt. Wie peinlich, ich dachte, ich wäre allein.“ Und wie schon in der Galerie vollführte der Mann eine kleine galante Verbeugung, bevor er schnellen Schrittes auf sie zukam. Er wirkte hier draußen noch jünger, als sie ihn in Erinnerung hatte.

„Ich bin erfreut, Sie hier zu sehen und überrascht. Kommen Sie“, forderte er sie auf, nachdem er vorher einen kleinen Kuss auf ihre Hand gehaucht hatte.

Er führte sie in den Pavillon, zu dem Tisch mit den beiden Stühlen.

„Fräulein Emma, erweisen Sie mir bitte die Ehre, einen Moment hier bei mir zu verweilen?“ Er zeigte auf den Campingstuhl, seine Augen blickten fast flehentlich.

Emma war so erstaunt, dass sie gar nicht klar denken konnte. Sie setzte sich einfach hin.

„Das war eben ein schönes Gedicht“, lobte sie, nachdem sie sich gesammelt und einen Blick in den Pavillon geworfen hatte. Hübsch war es hier, richtig idyllisch. „Ich hörte vorhin etwas, obwohl ich mir sicher war, allein hier zu sein.“

„Ich kann meine Überraschung nur wiederholen“, sagte er und schüttelte dabei leicht seinen Kopf. „Wissen Sie, manche Gedichte sind von vorneherein schön, andere dagegen entfalten ihren Reiz erst, wenn man sie laut und mit der richtigen Betonung rezitiert. Dann erscheinen sie fast wie eine Erleuchtung. Und ich nutze diesen Ort, diesen Lost Place, um herauszufinden, was wirklich in den Zeilen steckt.“

„Kommen Sie denn oft hierher?“

„Mittlerweile ja“, sagte der Galerist nickend, „zumindest immer an den Wochenenden. Als ich damals die Bilder des Mäzens bekam, ging ich, wie meistens, in die Archive und habe recherchiert. Nicht nur über den Maler selbst, sondern auch über seine Objekte, die er erschaffen hat. Da bin ich dann, aufgrund des Gemäldes, auf dieses Kleinod gestoßen, habe es mir angeschaut und ja, ich muss gestehen, ich war vorher wirklich sehr neugierig.

Es ist bedauerlich, dass es nicht mehr den früheren Glanz aufweist, den es sicherlich einstmals hatte, aber eine gewisse Mystik liegt immer noch über ihm."

Emma schaute sich um und langsam verstand sie, was der Galerist meinte. Es herrsche eine Stille, die irgendwie feierlich wirkte, obwohl es doch überall zwitscherte und zirpte. Früher sagte man wohl zu so einem Ort, es sei ein gesegneter Platz.

„Herr, äh …, wie heißen Sie eigentlich?", fragte Emma, da ihr nicht bewusst war, seinen Namen schon einmal gehört zu haben. Selbst in der Galerie hatte sie nicht darauf geachtet. „Entschuldigen Sie bitte, dass ich ihn mir nicht gemerkt habe."

„Ich glaube eher, ich habe mich Ihnen überhaupt nicht richtig vorgestellt, Fräulein Emma. Also, wenn sich jemand entschuldigen muss, dann bin ich es wohl." Er stand auf, trat einen Schritt nach vorn. „Gestatten Sie, Fräulein Emma, ich heiße Sebastian Büttner. Hocherfreut, Ihre Bekanntschaft zu machen." Dabei vollführte er zuerst einen Diener, anschließend ergriff er ihre ausgestreckte Hand und hauchte erneut einen kleinen Kuss darauf.

„Sehr erfreut, Herr Büttner", schmunzelte sie, „und ich bin Emma Wessel, einfach nur Emma."

Beide nahmen in den Campingstühlen Platz.

„Sie sagten vorhin, dass Sie sich oft in Archiven aufhalten. Muss man das denn als Galerist?"

„Nein, sicherlich ist das nicht zwingend notwendig, aber ich möchte den Kunden etwas zur Entstehungszeit des Werkes erklären können, ganz abgesehen davon, dass ich ziemlich neugierig bin, wie ich schon zugab.

Und Archive üben auf mich einen ganz besonderen Reiz aus, zumal noch lange nicht alle Dinge digitalisiert sind. Häufig existieren nur Mikrofilme, und da ich mich ganz genau kenne, gebe ich mich meistens nicht nur mit ein paar Stunden des Stöberns zufrieden, sondern kaufe mir ein Tagesticket. Sobald ich das gefunden habe, was mich interessiert und weshalb ich eigentlich dorthin gegangen bin, nutze ich die restliche Zeit zu meinem reinen Vergnügen und stöbere durch die Jahrzehnte oder Jahrhunderte."

„Haben Sie denn etwas Interessantes über den Maler herausbekommen?"

„Ja, erstaunlicherweise. Sein Name ist Michel Schnitter, aber das haben Sie ja schon auf dem Bild gelesen. Von dieser Kunst, der Malerei, konnten zu der damaligen Zeit nur die wenigsten gut leben, die aber waren dann auch meistens sehr berühmt und wurden hofiert. Alle anderen mussten durch harte Arbeit ihre Familien ernähren. Herr Schnitter selbst hatte Glück, er war Auftragsmaler."

„Ein Auftragsmaler? Für Kirchen oder so?"

„Nein, diese Arbeiten blieben meistens den ganz großen Künstlern vorbehalten, und seine Werke waren weder außergewöhnlich noch innovativ, wie man heute dazu sagen würde. Aber er malte sehr detailgetreu, sodass er trotz allem, oder gerade deshalb, ein viel beschäftigter Mann war.

Reiche oder auch hochgestellte Bürger holten ihn immer wieder in ihre Häuser, damit er für sie Porträts oder auch Familienbilder anfertigte.

Sie glauben gar nicht, wie viele davon heute noch existieren. Darf ich Ihnen vielleicht einen Kaffee anbieten, Fräulein Emma?", fragte er plötzlich ganz unvermittelt.

Sie überlegte nur kurz, bevor sie nickte. Dann sah sie, wie Herr Büttner einen großen Picknickkoffer öffnete, der scheinbar alles beinhaltete. Sogar einen Kuchen.

Er hatte wohl ihren erstaunten Blick gesehen und noch während er zwei Tassen, die dazugehörigen Untertassen, Teller und auch Kuchengabeln herausholte, erklärte er.

„Wissen Sie, Fräulein Emma, das Backen ist auch so eine meiner Leidenschaften. Ich probiere ständig neue Rezepte aus, aber was soll ich mit so viel Kuchen anfangen?

In der Galerie wäre es unpassend, ihn anzubieten, selbst Verschenken ist heutzutage problematisch, ohne alle Inhaltsstoffe peinlich genau anzugeben. Hier ist es etwas anderes, es kommen immer mal Leute, die sich darüber sehr freuen."

„Hier kommen Leute her?", fragte Emma ganz erstaunt. Nie und nimmer hätte sie das für möglich gehalten.

„Ja, meistens Familien, die auf der Durchreise sind, auf die Ruine aufmerksam wurden oder hier im dichten Grün ihre kleine Notdurft verrichten wollen. Außerdem besuchen mich regelmäßig zwei ältere Frauen, eindeutig beste Freundinnen. Diese Nachmittage mit den bezaubernden Damen sind wirklich immer Lichtblicke, da die beiden so viel Interessantes zu erzählen haben.

Mittlerweile bin ich nämlich fast jedes Wochenende hier, die Ruhe, die Stille ist eine einzigartige. Vielleicht nicht mehr, wenn ich laut rezitiere." Er schmunzelte verschmitzt, reichte ihr eine Tasse und schenkte duftenden Kaffee ein. „Milch und Zucker, Fräulein Emma?"

Den Zucker lehnte sie dankend ab, nahm aber Milch. Selbst dafür hatte er ein Kännchen aus

Porzellan, nicht etwa eins aus Plastik oder gar Tetrapak. Das empfand sie als etwas merkwürdig, zumal er selbst den Kaffee ohne Milch trank. Was machte er damit, wenn heute keine Familien oder älteren Damen vorbeikämen? Würde er sie nachher wegkippen?

Allerdings hatte sein Verhalten auch etwas von Stil oder Etikette und erinnerte sie sehr an ihre Oma. Bei ihr kamen auch nie Verpackungen auf den Tisch, so etwas würde sich `nicht schicken´.

„Darf ich Ihnen ein Stück Kuchen anbieten, Fräulein Emma?"

Sie überlegte. Vor einer halben Stunde war sie so satt und kugelrund, dass einzig und allein ein Mittagsschlaf noch machbar gewesen wäre. Jetzt aber, nach einem Blick auf den Kuchen, lief ihr sogar das Wasser im Mund zusammen.

Also nickte sie freudig und befahl sich, morgen früh erst eine lange Runde zu joggen, anschließend noch mit dem Rad zum Baggersee zu fahren, am besten mit einem großen Umweg.

Und während er umständlich den Deckel des Tortenbehälters abnahm und dem Picknickkoffer auch einen Tortenheber entnahm, klangen in ihr immer noch seine Worte nach, die Worte, die er nutzte, um sie anzusprechen.

Fräulein Emma, was für eine antiquierte Bezeichnung. Sie hatte die ewig nicht mehr gehört.

Früher wurden so jene Frauen angeredet, die keinen Mann an ihrer Seite hatten, die unverheiratet waren. Etwas später alle jungen Damen, da hatte deren Beziehungsstatus aber keine Bedeutung mehr, und Ende des vergangenen Jahrhunderts verschwand das Wort Fräulein vollkommen aus dem Sprachgebrauch.

Fräulein Emma, das hörte sich irgendwie vornehm an …

◆◆◆◆◆

5. Kapitel

Familie Fellbrook

Der Kuchen schmeckte vorzüglich, aber irgendwie hatte sie es gar nicht anders erwartet. Alles an dem Galeristen zeugte von Stil und Klasse, war hochwertig oder wurde regelrecht zelebriert, obwohl einiges überholt wirkte, als käme es aus einer anderen, längst vergangenen Zeit.

„Ist es Ihnen auch gelungen, etwas über die Eigentümer des Herrenhauses zu erfahren?“, fragte sie, als ihr Blick durch den Pavillon auf die Ruine fiel.

Lost Places, so hatte er es genannt. Sie kannte viele Fotos, die Menschen von solchen Plätzen gemacht hatten, weil sie ruhig, idyllisch oder gar geheimnisvoll wirkten. Genau das traf auch auf dieses verfallenen Bauwerk inmitten des riesigen, teilweise verwilderten Parks zu.

„Oh ja, aber es ist eine ganz traurige Geschichte, so voller Leid und Ungemach.“

Emma schaute in sein betrübtes Gesicht, auf dem sich Bedauern und tiefes, echtes Mitgefühl abzeichneten. Doch sie nickte ihm freundlich zu und wollte unbedingt, dass er ihr erzählte, egal, wie traurig sie auch war. Aber vorher gab es noch eine weitere Tasse Kaffee, die er auf seine eigene, ganz spezielle, etwas umständliche Art kredenzte.

„Früher, also bereits zum Ende des 17. Jahrhunderts, sah es hier ganz anders aus. Fräulein Emma, sehen Sie die große Wiese dort? Die Fläche, die nicht von den Bauern genutzt wird?"

Emma schaute in die Richtung, die er andeutete und stand sogar auf. Aber sie konnte sich vorher schon davon überzeugen, dass das Herrenhaus und dessen Park zwischen Wiesen und Feldern lag, zumal Noah aufgrund seiner Recherche im Internet auch davon geredet hatte.

Jetzt, direkt darauf angesprochen, vermutete sie, dass deren Bearbeitung wohl an ungeklärten Besitzverhältnissen oder Streitereien scheitern würde, doch er verneinte, schüttelte nachdenklich den Kopf und erklärte, dass das nicht die wahren Gründe dafür seien.

„Damals gab es dort genau einen Ort von der Größe eines mittleren Dorfes, mit allen Gewerken, die zu der damaligen Zeit typisch und auch notwendig waren. Hier aber lebte eine Familie Fellbrook.

Die Fellbrooks, müssen Sie wissen, können auf einen langen Stammbaum zurückblicken, der sich bis zum Mittelalter verfolgen lässt. Sie waren immer die Herren, die befahlen und forderten.

Friedrich Fellbrook, der Vater des Mannes, der zuletzt mit seiner Familie das Haus bewohnte, sorgte für den Neubau des Herrensitzes. Als er starb, übernahm sein Sohn Ludwig die Herrschaft.

Wussten Sie, dass auch die Menschen früher schon so eine Art Steuer entrichten mussten, ob es nun Lehen, Fron oder einfach nur Abgabe hieß?

Die meisten Bewohner des Dorfes waren Bauern, sie waren verpflichtet, Teile des Korns oder des Viehs direkt zu ihrem Herrn zu bringen, weil er ihnen Land verpachtet hatte. Waren sie dazu nicht in der Lage, weil die Ernte durch Unwetter verdorben oder zu gering ausgefallen war, schickte der Herr Eintreiber zu ihnen oder scheuchte sie, arm wie sie waren, mit nichts in den Händen gleich ganz aus dem Ort.

Dann passierte in Ludwigs Familie ein Unglück, welches ungeahnte Schicksalsschläge nach sich zog.

Esmeralda, die Tochter, besaß einige Pferde und wählte täglich eins aus, auf dem sie ritt. Eines Tages soll ihr Bruder sie erschreckt haben, er soll mit einer Tröte aus dem Busch gesprungen sein, das Pferd hätte gescheut und Esmeralda wäre aus dem Sattel gestürzt.

Sie war ohnmächtig, als der Diener sie fand und er entdeckte die Tröte, außerdem noch ein Taschentuch mit den Initialen des Bruders.

Damals vermutete man also, dass der Sohn, ob aus Spaß oder mit ernstem Hintergrund, den Unfall verursacht hätte, doch er bestritt das vehement und heftig, nie würde er seiner Schwester etwas antun. Esmeralda selbst wurde bei dem Sturz schwer verletzt und konnte fortan ihre Beine nicht mehr bewegen."

Also handelte es sich doch um einen Rollstuhl, dachte Emma, und hinter der darin Sitzenden stand wirklich ein Bediensteter. Josy mit ihren Argusaugen, vielleicht lag es auch an ihrem Job, als Physio hatte man wohl einfach einen Blick für Beeinträchtigte und Verletzte.

„Einige Jahre vergingen, ohne dass etwas Nennenswertes passierte, doch dann nahm das Unglück, von dem ich gesprochen hatte, seinen Lauf.

Es war zu der Zeit, als der Sohn sein zwanzigstes Lebensjahr fast vollendet hatte und damit als volljährig gelten würde. Sein Vater bezog ihn bereits seit Jahren in die Geschäfte mit ein, bald würden nun auch der Generationswechsel und deren Übergabe erfolgen.

Ludwig Fellbrook handelte mit seinen Landwirtschaftsprodukten, auch mit denen, die die Bauern ihm liefern mussten, aber anders als seine

Vorfahren hatte er zudem Kontakte im Ausland geknüpft und erzielte nun zusätzliche Gewinne.

Er besaß ein Kontor in der Stadt, direkt am Hafen, und viele der anderen Gutsbesitzer standen mittlerweile unter seinem Vertrag. Es muss insgesamt ein sehr lohnendes Geschäft gewesen sein, denn Ludwig erweiterte das Herrenhaus schon nach kurzer Zeit als Gutsherr um einen weiteren Flügel.

An einem späten Freitagnachmittag kehrte Ludwig Fellbrook aus der Stadt zurück. Er war nicht allein, neben dem Sohn begleiteten ihn noch der Prokurist seiner Firma, ein langjähriger Diener und natürlich war auch der Kutscher dabei.

Ungefähr auf halber Strecke legten sie wie immer auch dieses Mal eine Pause ein, die Tiere bekamen Futter und Wasser, während der Herr, dessen Sohn und der Prokurist eine Mahlzeit einnahmen.

Nachdem er das Essen gereicht hatte, entfernte sich der Diener, um seine Notdurft zu verrichten.

\`Geh Er weiter weg, ich will seinen nackten Arsch nicht sehen müssen´, soll Ludwig ihm hinterhergerufen haben. Und dann noch: \`Geh Er weiter, viel weiter.´

Der Diener tat, wie ihm geheißen und hörte kurz darauf laute Schreie. Er rannte schnell zurück, stolperte über eine Wurzel und schlug sich das Gesicht auf. Blutüberströmt und torkelnd kam er an die

Stelle und sah, wie Räuber die Kutsche überfielen, dem Herrn und allen anderen mit Messern die Kehlen aufschlitzten. Dann brach er ohnmächtig zusammen.

Erst in der Nacht wachte er wieder auf, von der Kutsche und den Pferden fehlte jede Spur, nur die Leichen lagen noch am Tatort verstreut. Anfangs zu Fuß, später mit der Postkutsche, kehrte er ins Herrenhaus zurück und berichtete von dem Vorfall.

Es gab sofort eine Untersuchung, man vermutete, dass der Diener selbst die Männer aus Geldgier getötet, außerdem einen Komplizen beauftragt hätte, die Kutsche und mit ihr die Erlöse aus den Handelsgeschäften wegzuschaffen.

Doch Wochen später ereignete sich ein weiterer Raubüberfall, bei dem die Opfer ebenfalls nicht überlebten, ihnen auch die Kehlen durchtrennt worden waren. Da der Diener aber im Verlies saß und somit die Tat nicht begangen haben konnte, wurde er auf freien Fuß gesetzt."

„Und Mittäter oder Kompagnons? Das wurde doch auch vermutet, könnte er nicht einer sein?"

„Das weiß ich nicht, Fräulein Emma. In den Berichten stand jedenfalls nichts darüber geschrieben." Er hob sogar die Schultern, fuhr aber gleich fort.

„Frau Fellbrook hatten der Verlust ihres geliebten Mannes und des Sohnes sehr zugesetzt. Sie litt fortan unter Depressionen und magerte mit der Zeit immer mehr ab. Kurz nach Esmeraldas einundzwanzigstem Geburtstag vergiftete sie sich selbst und machte somit ihrem Leiden ein Ende."

„Wie traurig." Emma dachte über seine Worte nach. Dabei erinnerte sie sich an ein weiteres Detail, welches in der Galerie erwähnt wurde. „Auf dem Bild war doch eine übermalte Stelle zu sehen. Vielleicht stand dort das Mädchen Esmeralda früher."

„Ja, das glaube ich auch und es würde Sinn machen. Aber warum der Maler es korrigiert und nicht neu gefertigt hat, das kann ich nur vermuten. Womöglich war es Esmeralda selbst, die das Familienbild so verändert haben wollte, zu einer Zeit, als ihre Angehörigen bereits verstorben waren. Für sie war es eine Art Zeugnis, wie sie viele Jahre gelebt haben. Vielleicht auch, wie sie es sah, aus ihrem Blickwinkel heraus. Sie fühlte sich wohl ausgestoßen."

„Ja, vielleicht, das ist richtig traurig. Was ist denn aus ihr geworden?"

„Laut Kirchenregister starb sie zwei Jahre später."

Emma war sofort aufgefallen, dass die Antwort wie aus der Pistole geschossen kam und sehr kurz ausfiel. Das entsprach gar nicht seiner Art zu reden. Erst auf ihren fragenden Blick erklärte er es genauer.

„Fräulein Emma, das, was ich Ihnen jetzt erzähle, hört sich wie das Geschwätz eines senilen alten Weibes an. Es stammt aus Überlieferungen und ich kann beim besten Willen nichts über den Wahrheitsgehalt sagen.“ Er überlegte wohl, ob das gerade die richtigen Worte waren. „Na ja, offen gestanden, halte ich es eher für Spinnerei, wohl der damaligen Zeit und dem vorherrschenden Aberglauben geschuldet.“

„Herr Büttner, jetzt machen Sie mich aber wirklich neugierig.“

„Der Legende nach machte Esmeralda den Diener für all die Geschehnisse verantwortlich. Er soll die Räuber beauftragt, der Mutter den Tee vergiftet und sie erschreckt haben. Er hätte alles vertuscht, die Schuld auf andere gelenkt, nur um ganz allein in ihrer Nähe zu sein.

Sie behauptete außerdem, dass seine Liebe zu ihr krankhaft wäre, besitzergreifend und für jeden, der nur einen Teil ihrer Aufmerksamkeit in Anspruch nehmen würde, tödlich endete. Er sei ausschließlich auf ihr Vermögen aus, ein Dieb, ein Verbrecher, ein Mörder, und deshalb belegte sie ihn mit einem Fluch.

Er solle so lange auf der Erde weilen, junge Frauen suchen und sich um sie bemühen müssen, bis eines Tages eine von ihnen die Kraft besitzen würde, ihn zu töten, statt sich selbst.“

„Das ist aber ein eigenartiger Fluch. Es würde ja bedeuten, dass womöglich viele Frauen sterben müssten, er seelenruhig weitermachen und vor allen Dingen unendlich lange leben kann.“ Sie schüttelte verstört den Kopf. „Zum Glück sind Flüche nur Ammenmärchen.“

„Wünschen Sie vielleicht noch einen Kaffee?“

Das wäre dann der dritte. Merkwürdig, er schmeckte zwar vorzüglich, aber normalerweise würde sie, angeregt durch das Koffein, aktiver sein. Stattdessen verspürte sie eine Schwere im Körper, und die war nicht nur auf das viele Essen zurückzuführen. Sie hatte eine Vermutung.

„Herr Büttner, ist es vielleicht koffeinfreier Kaffee?“

„Oh nein, ganz im Gegenteil. Es sind ganz erlesene Bohnen aus Ecuador. Warum fragen Sie, Fräulein Emma?“

„Schon gut, er schmeckt ausgezeichnet. Ja, ich hätte gern noch eine Tasse.“

Diesmal schenkte er nicht nur den Kaffee nach, sondern füllte auch Milch dazu, bis sie danke sagte.

„Ja, die Ammenmärchen. Aber das ist noch lange nicht alles. Fräulein Emma, Sie erinnern sich doch an die beiden älteren Damen, von denen ich vorhin sprach?“

Er wartete ab, bis sie es durch ein Nicken bestätigte.

„Diese beiden stammen aus der Gegend hier. Als sie jung waren, wurde ihnen aufs Schärfste verboten, auch nur in die Nähe des verfallenen Herrenhauses zu kommen. Sie hielten sich strikt daran, denn es kursierten gruselige Geschichten über das Anwesen.

So erzählte man sich, dass sofort nach Esmeraldas Tod das Haus verfiel. Die Leichenträger hätten es gerade noch hinaus geschafft, bevor das Dach über ihnen zusammenbrach.

Viele Jahre später wäre es dann, förmlich über Nacht, wieder in seinem alten Glanz erschienen, es hätte in voller Größe und vollkommen intakt dagestanden, der so verwilderte Park wäre jetzt hübsch und ordentlich anzusehen gewesen.

Mutige Männer hätten sich getraut, sich dem Anwesen zu nähern. Nicht alle wären wiedergekommen, aber die, die es schafften, hörte man sagen, dass sie eine junge Frau und ihren Diener gesehen hätten, der sie mit dem Rollstuhl durch den Park schob. Nur wenige Monate danach soll aber alles wieder in Schutt und Asche zerfallen sein, das wiederholte sich im Laufe der Jahrhunderte wohl viele, viele Male.

Genauso verhält es sich mit der dortigen Wiese. Etliche Bauern haben versucht, sie urbar zu machen, doch egal, was sie anbauten, nichts wuchs.

Keine Rüben, keine Kartoffeln, auch nicht Mais oder Getreide.

Sie pflügten den Boden, bestellten ihn, doch während sich überall die Triebe neuer Pflanzen zeigten, wuchs dort nur wieder das Gras. Sie brannten es ab, versprühten Gift, doch nichts von dem wirkte. Nach einigen Wochen war wieder alles grün.

Die beiden älteren Damen hätten die Ereignisse verfolgt und auch zum Teil mit eigenen Augen gesehen, da waren sie verheiratet, hatten bereits Kinder und laut der Horrorgeschichten wären sie ja nicht mehr gefährdet gewesen. Es sollte nämlich nur junge Frauen treffen, die noch keine fünfundzwanzig waren. “

Doch das alles bekam Emma nicht mehr mit, sie war tief und fest eingeschlafen …

◆◆◆◆◆

6. Kapitel

Vermisst

„Hallo Liebes, ich bin zurück. Wir haben früher Schluss gemacht als geplant. Ich wollte dir ja Bescheid geben, aber du hast schon wieder vergessen, dein Handy aufzuladen."

Er stellte den kleinen Koffer im Flur neben die Garderobe, hängte seine Jacke, die er zur Sicherheit mitgenommen hatte, an einen Haken und verschloss die Tür.

„Liebes, wollen wir gleich zum Baggersee? Emma?"

Noah war überrascht, dass sie nicht wie üblich sofort zu ihm kam und ihn begrüßte. Er lauschte in die Wohnung hinein, aber alles war still. Viel zu still.

„Emma?", rief er noch einmal, bevor er mit eiligen Schritten durch die Zimmer lief, aber sie war nicht da. Dann stellte er fest, dass ihre Autoschlüssel fehlten.

„Ach Emma, hatten wir nicht gesagt, wenn es zum See geht, nehmen wir immer die Fahrräder?“ Er grinste. „Na klar, ist die Katze aus dem Haus … Ich hoffe, du hast wenigstens meine Sachen mitgenommen.“

Eigentlich hatte Noah die Absicht, gleich nach seiner Ankunft zu Hause unter die Dusche zu springen, aber jetzt entschied er sich anders. Er wollte so schnell wie möglich zu seiner Freundin und bei der Fahrt käme er ohnehin wieder ins Schwitzen, also, sich frisch machen ginge auch im See. Er tauschte lediglich das Hemd gegen ein Shirt und die lange Hose gegen eine kurze. Dann machte er sich auf den Weg.

Vorher hatte er natürlich nachgeschaut und festgestellt, dass Emma ohne seine Sachen losgefahren war, der stets fertig gepackte Rucksack lag immer noch im Schrank. Ihrer nicht. War sie etwa stinkig auf ihn?

Warum? Er hatte doch nichts angestellt, aber vielleicht sah sie die Sache anders, typisch Frau eben …

Auf der Wiese, auf ihrem angestammten Platz, sah er auch schon die Freunde liegen. Cindy und Chris sonnten sich, Josy las und Felix spielte am Handy. Doch wo war Emma?

Während er auf die Pärchen zulief, schweifte sein Blick über den See. Es badeten viele und die Sonne spiegelte sich im Wasser, sodass er seine Freundin, die sich die Haare bestimmt wieder hochgesteckt hatte, dennoch nicht erkennen konnte. Dafür waren die vier auf ihren Decken aber ziemlich überrascht.

„Was machst du denn schon hier? Wo hast du Emma gelassen?"

„Sie ist nicht bei euch?"

„Nein, und anrufen ging auch nicht. Wann endlich kriegt sie die Sache mit ihrem Handy hin? Mann, das nervt manchmal echt."

Emma besaß vor einiger Zeit noch ein ziemlich altes Telefon, dessen Akkuleistung immer mehr nachließ, sodass sie es am Ende noch nicht einmal einen ganzen Tag benutzen konnte. Am Nachmittag war sie einfach nicht mehr erreichbar.

Da sie Geburtstag hatte, legten ihre Freunde zusammen und schenkten ihr ein neues, ein richtig gutes Smartphone. Es war zu gut, denn gefühlt brauchte man es überhaupt nicht mehr zu laden, was Emma sehr zupass kam. Aber `gefühlt´ war eben nicht die Realität, und so passierte es auch jetzt, dass sie einfach nicht daran dachte, es mit Strom zu versorgen.

„Kotzt mich genauso an", bemerkte Noah.

„Wann hast du denn das letzte Mal mit ihr gesprochen?“, erkundigte sich Josy.

„Gestern Morgen“, antwortete er und sah sofort die erstaunten Blicke. „Wir haben gestern entschieden, ein weiteres Seminar reinzuschieben, das von heute. Deshalb hatten wir nur noch die Auswertungen und konnten schon mittags los.“

„Habt ihr euch gestritten?“ Cindy war wie immer direkt.

„Nein, haben wir nicht.“ Er schüttelte zur Bekräftigung den Kopf und merkte, dass er immer wütender wurde. „Gestern Abend haben wir uns nur geschrieben. Sie meinte, dass sie früh zu Bett gehen würde, sie sei ganz schön fertig.“

„Wieso?“ Wieder war es Cindy, die es ganz genau wissen wollte. „Was hat sie denn so Anstrengendes gemacht?“

„Wäsche und Haushalt, meinte sie. Aber als ich ihr heute Bescheid sagen wollte, dass ich jetzt losfahre, war das Handy aus. Ich habe ihr eine Nachricht geschrieben und gedacht, sie würde sich melden.“ Er machte eine resignierte Handbewegung. „Kannst du glatt vergessen, ich schätze, sie hat noch nicht einmal gemerkt, dass ihr Akku schon wieder leer ist.“

Für einen kurzen Moment herrschte Ruhe, jeder dachte über das Gehörte nach.

„Und sie ist mit dem Auto losgefahren“, schob er jetzt noch hinterher und man konnte hören, dass er diesbezüglich mehr als nur leicht verschnupft war. „Ihre Schlüssel sind weg. Der Baderucksack auch.“

„Oh mein Gott, ihr ist bestimmt etwas zugestoßen.“ Josy hatte ihr Buch beiseitegelegt und sich ruckartig hingesetzt. In ihrem Gesicht spiegelte sich Angst wider.

„Nun malt mal nicht gleich den Teufel an die Wand, wenn ihr was passiert wäre, hätte man dich sicher davon unterrichtet“, beruhigte Felix sie und seinen Freund. „Wir reden schließlich über Emma.“

„Was soll das denn heißen?“, echauffierte sich Josy. „Was willst du damit sagen?“

„Ist nicht sie diejenige, die immer für eine Überraschung sorgt? Und diesmal muss es eine verdammt große sein, wenn sie sogar das Auto nimmt. Also entspannt euch, woher soll sie wissen, dass Noah früher nach Hause gekommen und längst hier ist?“

Eine Stunde lang verhielten sich die Freunde ganz entspannt, zumindest versuchten sie es. Noah sprang in die Fluten, er hatte eine Abkühlung dringend nötig, Josy las wieder in ihrem Buch. Die anderen drei lagen ausgestreckt auf ihren Decken.

Doch alle schauten immer mal wieder hoch auf den Weg, schauten, ob sie Emmas Auto sehen würden.

Felix schlug vor, dass sie, während sie auf Emma warteten, auch Volleyball spielen könnten. Er war es einfach leid, dass alle immer wieder nach ihr Ausschau hielten, denn er merkte, dass zumindest ihn das ziemlich nervte.

Die Ablenkung funktionierte, wenigstens eine Zeit lang. Dann aber wanderten auch von dort die Blicke immer häufiger zur Straße und zum Parkplatz.

„Es reicht, ich fahre jetzt los und suche sie."

Noah hatte den Ball Felix zugeworfen, rannte bereits los zu seinen Sachen und packte sie. Aber dann bemerkte er, dass er verdammt verschwitzt war. Also ließ er sein Shirt fallen und lief Richtung Wasser. Die anderen holten ihn ein, verzichteten aber auf die üblichen Spielchen im Nass, sondern tauchten nur einige Male unter.

„Wo willst du sie denn suchen?", fragte Chris, „irgendwo in der Stadt? Du kannst doch nicht gleichzeitig überall sein."

„Wir kommen mit." Felix hatte einen kurzen Blickkontakt zu Josy, die zu seinen Worten kräftig nickte. „Wir könnten uns aufteilen."

„Ruf doch erst einmal deine Eltern an und auch ihre, vielleicht ist sie dort", meinte Cindy.

„Was soll sie denn bei meinen Eltern?“

„Vielleicht brauchten sie ihre Hilfe?“

„Und warum rufen sie mich dann nicht an?“

„Du bist nicht zu Hause, hast kein Netz, was weiß ich“, stotterte sie. „Mann, ich habe doch auch keine Ahnung, aber versuch es doch wenigstens einmal.“

Noah dachte nach, nickte kurz und rief dann an.

„Sie ist weder bei meinen noch bei ihren Eltern. Aber bei denen war Emma am Freitag und sie soll sehr ausgeglichen gewesen sein, hat auch nichts davon erwähnt, dass sie vielleicht wegfahren wollte. Ich soll zur Polizei.“

„Soweit ich weiß, werden die nichts unternehmen. Man muss wohl erst vierundzwanzig Stunden verschwunden sein, bevor die aktiv werden.“ Felix bezweifelte, dass sie eine Anzeige überhaupt aufnehmen, geschweige denn bearbeiten würden.

„Ich weiß doch überhaupt nicht, wann sie losgefahren ist. Vielleicht schon am gestrigen Morgen, dann sind es vierundzwanzig Stunden. Sogar noch mehr.“ Noah überlegte kurz. „Zumindest werde ich das jetzt so behaupten und wenn es stimmt, was du sagst, müssen sie dann auch sofort in die Spur.“

Alle waren einverstanden. Sie nahmen ihre Fahrräder und einigten sich darauf, dass sie auf ihn warten würden, bis er von der Polizei zurückkäme …

„Die machen nichts", sagte Noah resigniert, als er nach Hause kam und die fragenden Blicke seiner Freunde sah.

Schon vor Jahren hatten sie einander ihre Haustürschlüssel anvertraut, für den Notfall oder eben solch eine Situation wie diese. Der Kaffee war frisch gekocht und so berichtete er von seinem Erlebnis auf der Wache.

Anfangs musste er fast eine halbe Stunde warten, ehe überhaupt jemand für ihn Zeit hatte. Sicherlich spielte es eine Rolle, dass es um eine erwachsene Frau ging und nicht um ein Kind.

Der Kommissar machte ihm klar, dass dies kein Fall für sie wäre. Erwachsene könnten tun und lassen, was sie wollten. Noah würde staunen, wie viele Leute plötzlich still und heimlich verschwinden, ihren Partner im Ungewissen lassen und dann irgendwann auch wieder auftauchen.

Selbst auf seinen Einwand, dass solch ein Verhalten niemals auf Emma zutreffen würde, reagierte er, seiner Meinung nach, nicht angemessen.

Er solle die Familie anrufen, die Freunde checken und als Noah bemerkte, dass er das schon längst getan hätte, winkte der Beamte nur ab. Er hätte da so seine Erfahrungen.

„Also suchen die nie nach Emma?", fragte Josy fassungslos.

„Doch, irgendwann schon“, erklärte Noah, selbst den Kopf schüttelnd. „Aber offen gestanden, weiß ich gar nicht, was passieren muss, damit die das endlich auch machen. Echt jetzt, ich bin stinksauer, von wegen `dein Freund und Helfer´.“ Er ließ sich enttäuscht aufs Sofa fallen.

„Hast du dem nicht erzählt, dass alle ihre Sachen hier sind?“, fragte Cindy. „Außer den Badesachen? Mann, keine Frau läuft ohne Schmuck und Schminke weg.“

„Sicher, auch das habe ich ihm gesagt, aber es überzeugte ihn nicht, war ihm wohl egal. Wahrscheinlich passt das genau zu der Theorie der spurlos verschwundenen Menschen, die nie gefunden werden wollen.“

„Okay, vielleicht hat er recht, bestimmt haben die wirklich ihre Erfahrungen gesammelt“, meldete sich Felix. Es war eindeutig der Versuch, die angeheizte Stimmung etwas abzukühlen. „Ich habe oft von solchen Fällen gehört oder auch gelesen und mich dann immer gefragt, wie so etwas gehen kann. Einfach verschwinden und darauf hoffen, nie entdeckt zu werden.

Aber das waren meistens Leute, die sich verstecken mussten, weil jemand ihr Leben bedrohte, die selbst Mist gebaut oder so viel Schulden hatten, die gepeinigt wurden oder glaubten, dass irgendwo anders alles besser wäre als zu Hause. Davon trifft doch nun wirklich nichts auf Emma zu."

Alle dachten darüber nach, denn jeder von ihnen kannte ähnliche Beispiele und solche Gedanken waren ihnen nicht fremd. Natürlich überlegte man sich das eine oder andere Mal, wie es woanders wäre, aber doch nur, weil es gerade in diesem Moment besonders stressig war oder scheinbar alles gegen einen lief. Doch Emma schien keine Probleme zu haben, da hatte Felix vollkommen recht.

Plötzlich kam Josy in Bewegung. Sie war aufgestanden und an den kleinen Schreibtisch getreten, den Emma für ihre Vorbereitungen nutzte. Sie nahm sich einen Block und setzte sich auf den Stuhl. Mit dem Handy in der Hand beschrieb sie mehrere Zettel.

„Die unternehmen nichts", sagte Josy, nachdem sie fertig und wieder aufgestanden war, „aber wir. Da stehen die Nummern aller Krankenhäuser der Stadt und Umgebung drauf. Jeder hat zwei. Los geht's." Nun drückte sie jedem ein Blatt in die Hand.

Dabei schaute sie ihrem Freund, auch Cindy und Chris, ganz ernst in die Augen. Auf ihren Zetteln waren nämlich noch die Bestattungsinstitute aufgeführt. Die drei verrieten nichts, auch wenn sie anfangs ziemlich überrascht dreingeblickt hatten.

Noah bekam davon nichts mit, er tippte schon die erste Nummer in sein Handy …

◆◆◆

Sie hatten alles abtelefoniert und Noah merkte dabei doch irgendwie, dass seine Freunde noch mehr Nummern wählten. Anfangs war er geschockt, als er erfuhr, worum es ging, später saß er fast teilnahmslos da und fummelte nervös an seinen Fingern. Offensichtlich war er sehr besorgt, dass es eine `positive´ Nachricht geben könnte.

Doch nirgends war Emmas Name aufgetaucht. Dennoch war allen klar, dass das nichts bedeuten musste. Eine Leiche konnte auch verscharrt, im See versenkt oder einfach nur liegen gelassen werden. Manche wurden nie gefunden oder erst viele, viele Jahre später …

Die Freunde hatten sich nach einer Weile verabschiedet, als Noah meinte, er würde jetzt noch mal zu ihren Eltern fahren. Die machten sich sicher die allergrößten Sorgen.

„Was sind denn das für Beamte?“, schimpfte auch schon ihr Vater los, kaum dass er die Tür geöffnet hatte. „Du hast ihnen doch hoffentlich erklärt, dass unsere Emma nicht so eine ist, die einfach abhaut. Hast du doch, oder?“

Als Noah entsprechend kräftig nickte, ließ er ihn eintreten, doch er echauffierte sich noch eine ganze Weile weiter. Dann erst hörten sich die Eltern an, was er auf der Polizeistation erlebt hatte, aber das beruhigte sie keineswegs, eher war es das ganze Gegenteil.

Gemeinsam überlegten sie, was Emma passiert sein könnte, doch ihnen fehlte eine vernünftige, einleuchtende Erklärung. Warum ausgerechnet sie?

Noah fragte, ob sie denn am Freitag irgendetwas gesagt hätte. Wollte sie vielleicht einen Ausflug machen? Jemanden besuchen? Bekannte treffen?

Doch ihre Eltern konnten nichts dergleichen berichten. Daher wollte er so schnell wie möglich wieder zu Hause sein. Er sollte sofort anrufen, wenn sie in der Zwischenzeit heimgekehrt wäre.

Als er bereits aufgestanden war und sich verabschieden wollte, schimpften beide noch über das neue Handy, als wäre das an allem schuld.

Beim alten wussten sie wenigstens, dass ab dem späten Nachmittag mit ihrer Tochter keine Kommunikation mehr möglich war. Darauf konnte man sich verdammt noch mal einstellen und entsprechend reagieren. Aber jetzt? War es leer oder etwa ein Zeichen dafür, dass ihr etwas Schreckliches passiert war?

Noah gab ihnen recht, fuhr los und sprang die Treppen bis zur Wohnung hoch, musste dann aber die Tür aufschließen. Emma konnte also gar nicht drin sein und auf ihn warten.

Seine Freunde riefen reihum an, bis sie sich darauf einigten, es lieber zu lassen. Falls die Polizei oder ein Krankenhaus sich meldete, würde er ihnen Bescheid geben …

◆◆◆

Gegen neun Uhr am Montagmorgen rief die Sekretärin der Schule an und fragte nach, wo Emma bleiben würde. Ob sie krank sei oder ihr etwas zugestoßen wäre.

Noah gab bereitwillig Auskunft, auch wenn er nicht wirklich etwas wusste. Er hatte sogar die ganze Zeit mit diesem Anruf gerechnet, wenn auch seine Hoffnung groß war, dass niemand durchklingeln würde. Dann wäre Emma nämlich zum Unterricht erschienen, egal, was das für ihn und ihre Beziehung nun bedeutet hätte. Wenigstens würde sie noch leben.

Zum Glück versprach die Sekretärin, dass die Schulleiterin ebenfalls eine Vermissten-Meldung aufgeben würde. Das wäre dann die dritte, denn Emmas Eltern waren auch nicht davon abzubringen, ihre bei der Polizei einzureichen. Sollten die Freunde genau das Gleiche tun?

◆◆◆◆◆

7. Kapitel

Zweifel

Täglich riefen sie die Nummern an, die auf ihren Listen standen. Mittlerweile waren die meisten Mitarbeiter in den Krankenhäusern schon genervt und versicherten, dass sie sich melden würden, wenn ihre Freundin auf Station käme.

Am Mittwoch vergrößerten sie den Radius ihrer Recherche und gaben noch einmal fünfzig Kilometer drauf, doch auch da hatten sie keinen Erfolg.

Jeden Tag meldete sich Noah bei der Polizei, bekam aber immer das Gleiche zu hören, Emma sei eine erwachsene Frau, die allein entscheiden und auch eigene Wege gehen könnte. Ohne ihn, ob es ihm nun passen würde oder nicht.

Das machte ihn immer sehr wütend. Mittlerweile kannte er zwar die Statistiken und wusste, dass nicht wenige Menschen jedes Jahr verschwanden, aber doch nicht seine Emma.

Mit ihrem Arbeitgeber war auch erst einmal alles geklärt. Er würde die Stelle freihalten, solange es ihm möglich war. Doch wenn die Schulbehörde auf eine Neuanstellung bestehen würde, müsste man der nachgeben.

Noah hatte lange mit der Sekretärin und auch mit einigen von Emmas Kolleginnen gesprochen. Die Reaktion war bei allen gleich, keiner konnte glauben, dass Emma sich aus dem Staub gemacht hätte. Im Gegenteil, sie bestätigten, wie eng sie mit der Schule, vor allem mit `ihren´ Kindern verbunden war, aber auch, dass sie stets und ständig von einer gemeinsamen Zukunft mit Noah gesprochen hatte.

Manchmal kamen in ihm Zweifel auf, meistens dann, wenn er abends allein im Bett lag und das große Kopfkino begann. Wahrscheinlich lag es auch an der Reaktion der Polizeibeamten, die hartnäckig bei ihren Behauptungen blieben und kein Verbrechen in Betracht zogen.

Und so versuchte er, sich an alles zu erinnern, an ihre Gespräche, die sie oft und stundenlang geführt hatten. Er dachte an die Pläne, die sie für ihre gemeinsame Zukunft schmiedeten, besonders an die für die Hochzeit erinnerte er sich.

Danach konnte er meistens beruhigt einschlafen, es war Emma, die ihre Ideen und Vorstellungen einbrachte, die alles so wollte und nicht anders, die immer von ihrem gemeinsamen glücklichen Leben sprach.

Erst morgens kam der Spuk zurück, wenn er draußen auf der Terrasse seinen ersten Kaffee trank und die Gedanken des vorigen Abends Revue passieren ließ.

Sie war es, die all das so wollte, die niemals weggegangen wäre, ohne ihm Bescheid zu geben. Ergo, es musste etwas passiert sein. Ihr musste etwas zugestoßen sein.

Doch er hatte aufgehört, schon in dieser morgendlichen Stunde mit einem Polizisten zu sprechen. Da waren die Beamten besonders genervt …

Noah fuhr direkt nach der Arbeit zu Emmas Eltern. Mittlerweile telefonierten sie mehrmals täglich, die beiden hatten wahrscheinlich so eher das Gefühl, nicht tatenlos zuzuschauen, sondern aktiv zu werden, wenn sie zum Hörer griffen und ihn anriefen.

Auch Noahs Möglichkeiten und die seiner Freunde waren begrenzt, etwas zu unternehmen. Sehr sogar, denn außer den Nachfragen in den Kliniken blieb ihnen kaum etwas, was sie noch tun konnten.

„Was ist denn mit ihrem Handy?“, fragte der Vater. „Die Kriminalisten haben doch supermoderne Technik, die können es orten und abhören, ich glaube sogar, sie können es neu starten, wenn es aus ist."

Noah war sich da nicht so sicher. In den Filmen sah und hörte man immer wieder, dass sie keinen Kontakt hätten, sie nicht herausfinden konnten, wo sich der Täter aufhält, erst recht nicht, wenn der Akku entfernt worden war.

„Vielleicht könnten sie das alles wirklich", meinte er, „aber Emma ist kein Kind, das erklären die mir immer wieder. Sie ist eine erwachsene Frau und kann tun und lassen, was sie will. Auch fortgehen."

„Aber doch nicht unsere Emma." Die Mutter drückte verzweifelt ihr Taschentuch zusammen. Ständig musste sie weinen und wenn sie nicht gerade laut schluchzte, liefen die Tränen trotzdem an ihren Wangen herunter.

Ihre Gespräche waren immer gleich, egal, ob sie sich gegenübersaßen oder am Telefon. Sie drehten sich ständig um dieselben Punkte, denn niemand von ihnen wollte das, was für die Polizei absolut klar, zumindest möglich war, ohne Weiteres akzeptieren.

„Und ihr seid euch immer noch sicher, dass Emma am Freitag nichts erzählt hat? Keine Andeutungen machte, was sie beschäftigt oder vorhat?"

„Nein, bestimmt nicht", erklärte der Vater mit fester Stimme. „Du warst zum Seminar und eigentlich redete sie nur von dem, was ihr in letzter Zeit erlebt habt. Euer Straßenfest zum Beispiel, ihr Bild in der Galerie, solche Dinge."

„Wir haben noch über Cindys Idee gelacht, du weißt doch, Emma, eine Adlige, mit Stammbaum", erinnerte sich die Mutter.

„Aber das war doch Quatsch, wir leben seit jeher in der Stadt und wenn wir reiche Vorfahren hätten, dann wüssten wir es, das kannst du mir glauben."

„Wir müssen doch etwas tun können. Ich sehe mein Kind immer irgendwo liegen, verletzt, frierend, mit blutigem Gesicht und auch noch an Händen und Füßen gefesselt", schluchzte die Mutter. „Ich höre sie doch rufen. Sie ist nicht weg, und tot ist sie auch nicht."

Bei der letzten Äußerung stand sie bereits auf und entfernte sich von ihnen, laut schluchzend. Sie hörten, wie die Tür des Bades von innen verschlossen wurde. Die Stimmung war bedrückend, wie immer in den letzten Tagen.

„Wir sollten überall Zettel aufhängen", äußerte der Vater nach einigem Nachdenken. Auch das Schluchzen seiner Frau war inzwischen leiser geworden. „Bei entlaufenen Tieren machen das die Leute doch auch."

Das stimmte. Noah hasste es genauso wie die beiden, einfach nur herumzusitzen und darauf zu warten, dass etwas passierte.

Er nickte leicht zu den Worten von Emmas Vater und auch zu seinem Einverständnis, ja, das war wenigstens eine Aktivität. Er würde gleich in die Firma fahren, dort standen etliche Kopierer und sein Chef würde bestimmt nichts dagegen haben, einen zu benutzen.

Noah ging auf die Terrasse, rief ihn an, bat ihn darum und erhielt die Zusage. Anschließend sprach er mit seinen Freunden und sie verabredeten sich. In einer Stunde wollten sie sich an der Pforte treffen und bis dahin würde jeder in seinem Handy nach einem passenden Foto suchen.

Die Eltern erklärten sich sofort bereit, die Flyer in ihrem Wohngebiet zu verteilen, an Bäume zu tackern oder den Passanten direkt in die Hände zu drücken. Er sollte nur recht viele davon vorbeibringen …

Noah hatte nicht nur die Steckbriefe mit dem Foto der fröhlich lachenden Emma gedruckt, auch die sozialen Medien erhielten einen Hilferuf. Alle fünf baten ihre Follower, sie mögen die Botschaft doch schnell teilen.

Danach trennten sie sich. Jeder bekleisterte in seinem zugewiesenen Bereich alles, was irgendwie ein Plakat halten konnte. Selbst die Flächen blieben nicht verschont, auf denen es verboten war oder Geld kostete.

Doch das interessierte sie nicht, es war ihnen vollkommen egal. Absolut egal …

◆◆◆◆◆

8. Kapitel

Misstrauen

Am Sonntag trafen die fünf sich wieder am Baggersee, aber sie verspürten weder Lust auf ein erfrischendes Bad und erst recht nicht darauf, eine Runde Volleyball zu spielen.

Mittlerweile hatten sie den Radius ihrer Anrufe bei den Krankenhäusern auf fast zweihundert Kilometer ausgedehnt und jeder fragte sich, was danach noch kommen könnte.

Die angefertigten Flyer fielen überall auf, obwohl manche zwischendurch auch abgerissen oder einfach überklebt wurden.

Noah war im Laufe der Zeit immer ruhiger geworden. Im Gegensatz zu den ersten Tagen, als er wie ein aufgescheuchtes Huhn durch die Gegend lief, mit fahrigen Bewegungen sein Haar aus der Stirn strich oder mit zittrigen Händen Nummern wählte, schien er nun vollkommen abgeklärt zu sein.

Während die Sorge bei den anderen vier, besonders bei den beiden Frauen, nicht abnahm, hatte er sich wohl seinem Schicksal ergeben.

Glaubte er mittlerweile vielleicht selbst, dass Emma freiwillig und ohne Bescheid zu geben, abgehauen war? Dazu noch vollkommen grundlos? Obwohl, genau das konnten sie alle gar nicht richtig wissen. Eventuell hing bei den beiden bisweilen doch etwas in der Luft, vielleicht spielten sie ihnen nur eine heile Welt vor?

Doch da waren die vielen Gespräche und die inzwischen präzisen Pläne über ihre zukünftige Hochzeit. Ja, Emma wollte die mit aller Macht. Und er? Wollte er diese Heirat und alles, was damit zusammenhing, auch noch?

Cindy war heute ohnehin etwas angefixt. Sie hatte gestern Dienst, einmal im Monat musste jeder der Angestellten, die eigentlich sonst im Backoffice arbeiteten, die Kollegen im Verkaufsbereich unterstützen.

Doch das war nicht das eigentliche Problem, denn die Arbeit mit den Kunden an den Kleiderständern oder Verkaufsregalen gefiel ihr und machte Spaß. Aber am frühen Nachmittag hatte sie dort Samira und Ken getroffen.

Er war Noahs Kollege und mit ihr hatte sie die Ausbildung gemacht, zusammen absolvierten sie oft auch die Praktika.

Sie kamen ins Plaudern und so erfuhr Cindy, dass Ken derjenige war, dessen Platz Noah beim Seminar eingenommen hatte. Ken war immer noch sauer darüber, weil er nur erkältet gewesen war, aber Noah hatte ein Drama daraus gemacht …

„Ihr wolltet an dem Samstag doch gemeinsam zum Herrenhaus, richtig?“, fragte sie ihn jetzt. „Am Dienstag davor hattest du aber erfahren, dass du zu einem Seminar musst, stimmts?“

Noah nickte anfangs nur. „Worauf willst du hinaus?“, fragte er wenig später.

„Du sagtest, ein Teilnehmer wäre ausgefallen und du müsstest nachrücken.“

„Ja, so war es auch.“

„Der Teilnehmer war Ken, dein Kollege, nicht irgend so ein Typ aus einer anderen Firma. Ich habe ihn gestern getroffen und er erzählte mir, dass du dich da regelrecht aufgedrängt hast.“

„Ja und? Selbst wenn, was hat das mit Emmas Verschwinden zu tun? Willst du etwa sagen, ich bin an allem schuld?“

Doch Cindy schaute ihn nur skeptisch an, als bezweifelte sie seine Worte.

„Dieses Seminar ist wichtig. Man braucht es, wenn man, karrieremäßig, weiter nach oben rücken will. Außerdem ist es interessant. Und das war meine einmalige Chance, ich wäre sonst erst im nächsten Jahr dran gewesen, wenn überhaupt. Du erinnerst dich bestimmt, da wollten wir heiraten", meinte er jetzt sogar etwas ungehalten, „da käme die zusätzliche Kohle für einen höheren Posten gerade recht."

Cindy musste feststellen, dass seine Erklärung schlüssig klang. Ehrlich gesagt, war sie heilfroh darüber, denn in ihrem Hirn hatten sich ganz andere Szenarien abgespielt. Da diente das Seminar nur als Vorwand, zumal sie sogar bezweifelte, dass er wirklich dort war.

„Ob Emma allein gefahren ist?", mischte sich jetzt Josy ein. „Mann, das Herrenhaus hatten wir überhaupt nicht mehr auf dem Schirm."

„Stimmt, wir haben doch noch rumgeunkt, dass sie reich ist, alter Adel und so", stimmte Felix ihr zu.

„Genau, und dass wir später alle dort wohnen werden", ergänzte sie.

Doch Noah winkte bereits ab.

„Das könnt ihr vergessen, da ist nichts, außer einer Ruine, unwahrscheinlich viel Schutt und Unrat."

„Du warst dort?", fragte Cindy ganz überrascht. „Wann denn?"

„Keine Ahnung, weiß ich nicht mehr." Er dachte nach. „Es war, glaube ich, gleich am Montag."

„Davon hast du uns überhaupt nichts erzählt", stellte jetzt Josy fest.

„Weil da nichts war. Dort siehst du nur grünes Dickicht, Bäume, Gestrüpp, abgebrochene und runter gefallene Äste, Dornenhecken und dazwischen die Ruine, von der kaum noch was steht. Bis auf den einen Flügel vielleicht, aber bei dem gibt es auch nur noch die Wände."

„Das hättest du uns doch sagen können", beharrte Cindy, „sagen müssen."

„Ja, schon", stimmte Noah zu. Er war jetzt wieder ruhig und machte den Eindruck, als wäre das Thema nicht wichtig. „Ich habe es schlicht vergessen, hatte den Kopf mit anderen Dingen voll. Mit der Polizei", schob er hinterher, „weil die einfach nichts unternimmt."

„Was wird jetzt überhaupt aus unserem Urlaub?"

Alle Köpfe gingen unverzüglich zu Chris.

„Du glaubst doch wohl nicht ernsthaft, jetzt wirklich wegzufahren, oder?", echauffierte sich Josy. „Wir liegen am Strand oder sind auf Safari, während Emma vielleicht unsere Hilfe braucht. Was stimmt denn mit dir nicht?"

„Nein, daran dachte ich nicht, eher, dass wir sofort stornieren sollten. Oder hast du das schon erledigt?", wollte er von Noah wissen.

„Äh, nein", stotterte der, „da gibt es ein Problem."

Alle schauten ihn an. Geplant war ein letzter, richtig großer Urlaub, bevor es nicht nur für Emma und Noah ernst werden würde.

Auch die anderen beiden Paare sahen sich zukünftig verheiratet und mit Kindern an ihrer Seite. Dann würde es, zumindest finanziell gesehen, wahrscheinlich nur noch für einen Campingurlaub reichen. Wenn überhaupt, also wollten sie jetzt noch einmal richtig die Sau rauslassen.

Die Mädels buchten für sich eine Woche Verwöhn-Urlaub, mit Massagen, Schönheitsbehandlungen, eben dem ganzen Brimborium, wobei die Männer nur stören würden.

Die hatten in der Zeit vor, an einem Radspektakel teilzunehmen, eine Rundreise auf abgesperrten Strecken mit mindestens zweihundert Kilometern pro Tag. Doch erst danach käme das eigentliche Highlight.

Zwei Wochen auf dem afrikanischen Kontinent, genauer gesagt, in Südafrika. Untergebracht in einem Nobel-Hotel unmittelbar am Strand, in exklusiven kleinen Häusern, die direkt ins Meer gebaut waren und über einen eigenen Concierge verfügten.

Dazu hatten sie eine Safari gebucht, fünf Tage würden sie, vollkommen ursprünglich, mit einem Jeep Elefanten, Löwen und viele andere Tiere beobachten, in Zelten schlafen und sich dabei ganz auf die Führer verlassen müssen.

Obendrein wurden noch Tagesausflüge und Kultur angeboten, sie hatten Karten für ein Konzert ergattert, mit Coldplay, Pink und einigen anderen angesagten Showgrößen.

Das kam nun wohl alles nicht mehr infrage, deshalb wunderten sie sich über Noahs Reaktion.

„Wo liegt denn das Problem?", hakte auch schon Cindy nach.

„Wir können nicht stornieren", antwortete Noah recht kleinlaut. „Das heißt, wir können schon, verlieren dann aber unsere Kohle."

Die Welle der Entrüstung, die ihm sofort entgegenschlug, war heftig. Auch die Vorwürfe, da sie stets und ständig bei ihren Urlaubsbuchungen darauf achteten, kostenlos absagen zu können. Man wusste ja nie, was so alles dazwischenkam, zumal die Verträge viele Monate zuvor geschlossen wurden, in dem speziellen Fall fast ein Jahr vorher.

Noah erklärte, dass es damals ja immer hin und her gegangen sei, mal dieses, mal jenes Hotel, mit oder ohne Service, welche Safaritour und, und, und. Am Ende hatte er nicht mehr auf den Zusatzbutton geachtet, die Reise war fix und die Anzahlung schon lange von den Konten abgebucht.

Sie diskutierten noch eine Weile, bevor sie sich ziemlich verstimmt voneinander trennten und aufbrachen. Obendrein mussten sie jetzt eine Entscheidung treffen: Wollten sie Abenteuer erleben oder warfen sie das viele Geld zum Fenster raus? Zumindest zehn Prozent könnten sie davon noch retten, wenn sie bis Mitternacht kündigten …

Die Paare besprachen ihr Vorgehen, konnten sich aber nicht einigen, also machten sie eine Videokonferenz.

„Sollten wir Noah nicht einbeziehen?“, fragte Felix, als alle zusammensaßen.

„Nein, ich denke nicht“, meinte Cindy, „der hat den Kopf voll genug. Bei den beiden war es sowieso immer Emma, die die Entscheidungen gefällt hat. Ich schätze, er macht mit, egal, was wir nun beschließen.“

„Ehrlich gesagt, ich will nicht mehr verreisen“, meldete sich Josy. „Ich habe Angst, dass ich dann nicht helfen kann, wenn ich gebraucht werde oder etwas verpasse.“

„Du meinst, die Bullen fangen an, sie zu suchen?“ Chris schüttelte den Kopf. „Wohl eher nicht. Was haltet ihr von einem Kompromiss?“

Und so einigten sie sich erst einmal darauf, wenn alles so bliebe wie bisher, nicht auf den Urlaub zu verzichten.

Jeder hatte bereits etwas mehr als viertausend Euro investiert und auf die zehn Prozent, die sie jetzt noch zurückbekommen würden, kam es nun auch nicht mehr an.

Doch es blieben noch zwei Wochen Zeit, in denen viel geschehen konnte. Sollte Emma wieder auftauchen, unversehrt, gesund und wohlbehalten, würden sie den Urlaub antreten. Wäre sie verletzt, konnten sie immer noch spontan eine Entscheidung treffen, vielleicht flog dann erst einmal nur ein Paar oder sie wechselten sich ab.

Über die dritte Möglichkeit redeten sie nicht, denn wenn Emma tot war, hätte ohnehin keiner mehr einen Nerv für Wellness oder Safari.

Und so informierten sie jetzt, auch wieder gemeinsam, Noah von ihren Plänen. Er nickte ergeben, merkte aber an, dass er sich absolut nicht vorstellen könnte, jetzt und in dieser angespannten Situation zu verreisen. Allein, ohne Emma, nein, das käme für ihn nicht infrage. Er würde auch auf die vierhundert Euro verzichten, hoffte aber immer noch, dass Emma bis dahin vielleicht doch wieder auftaucht.

Zum Schluss verabredeten sich die Mädels für den morgigen Nachmittag …

◆◆◆◆◆

9. Kapitel

Cindy

Gegen vier trafen sich Josy und Cindy in ihrem Lieblingscafé. Hier kehrten sie immer dann ein, wenn es irgendwie passte, wenn sie es aufgrund ihrer unterschiedlichen Arbeitszeiten doch einrichten konnten.

Emmas Unterricht war meistens am frühen Nachmittag beendet, für sie gab es, zeitlich gesehen, keine Probleme, mit dabei zu sein. Wenn Cindy in der Woche Frühdienst hatte, ging es auch, nur nicht in der Spätdienstwoche.

Am unvorhersehbarsten war es bei Josy. Ihre meisten Behandlungstermine lagen am Nachmittag, die Berufstätigen kamen lieber nach ihrem Dienst zur Physiotherapie, als womöglich die dafür genutzte Arbeitszeit herausarbeiten zu müssen.

Wenn sie aber doch mal zwischendurch zwei Stunden frei hatte und sie mit den Freundinnen verabredet war, platzte meistens einer ihrer Kunden in die Praxis hinein, der unbedingt jetzt gleich eine Massage, Ultraschall oder eine Fangopackung benötigte.

Nachdem sie sich einmal wochenlang nicht treffen konnten oder nur Emma und Cindy, änderte Josy das. Sie setzte bei ihrer Chefin durch, dass sie einen Nachmittag in der Woche frei hatte, nun konnten sie gemeinsam in ihr Lieblingscafé gehen und wenn sie Lust hatten, hinterher auch noch shoppen.

Heute hatte Cindy gar nicht gefragt, ob Josy es schaffen würde, sie setzte es einfach voraus. Das Thema, besser gesagt, das Verschwinden von Emma und die kleinen Ungereimtheiten, die ihr so zu denken gaben, waren viel zu wichtig, als dass ein Treffen verschoben werden konnte. Und irgendwie hatte Josy es auch hinbekommen, obwohl es nicht ihr freier Nachmittag war …

„Du willst was?“ Josy schaute erstaunt. „Aber das liegt doch genau in entgegengesetzter Richtung von unserem Hotel.“

„Na und? Wir fahren nicht erst nachmittags, sondern schon am Vormittag los. Dann schauen wir uns die Ruine an und durchkämmen von mir aus auch den Park.“

„Du meinst das Dickicht.“

„Meinetwegen auch das", grinste Cindy. „Also zieh dir gefälligst lange Hosen und festes Schuhwerk an."

„Was willst du dort? Etwa Emma entdecken?"

Josy fand die Vorstellung gruselig. Sie glaubte zwar nicht mal im Entferntesten daran, dass ihre Freundin tot sein könnte, aber weshalb würden sie denn dorthin fahren? Emma würde bestimmt nicht bei Wind und Wetter in einer abgewrackten Ruine leben. Obwohl, das Wetter war die ganze Zeit nicht schlecht, da konnte man schon problemlos draußen schlafen. Cindy riss sie aus ihren Gedanken.

„Hoffentlich nicht", meinte die gerade, „aber vielleicht hat sie, als sie dort war, irgendetwas hinterlassen. Oder liegengelassen, was weiß ich."

„Und wenn wir nichts finden, war sie nicht da?"

Cindy dachte erst einige Augenblicke nach, bevor sie die Sache mit Noah zur Sprache brachte.

Sie begann vorn, ganz am Anfang, also an dem Sonntag, an welchem sie sich zusammen die Bilder in der Galerie angeschaut hatten. Dann, eine Woche später, als sie am Baggersee waren und noch lange darüber gesprochen und auch ein wenig philosophiert, na ja, wohl eher geträumt hatten, über Emma und ihren womöglich adligen Stammbaum.

Diese Geschichte war Josy präsent, sicherlich auch den Jungs, die vergaß keiner so schnell. Mehr oder weniger hatten nämlich alle ihre Zukunft im Zusammenhang mit dem Herrenhaus gesehen.

Danach kam in Cindys Aufzählung der Tag, als Emma verschwand, und keiner etwas davon mitbekommen hatte.

Weiter ging es mit Noah, der behauptete, an der Ruine gewesen zu sein. Vorher verlor er kein Wort darüber, dass er die Absicht hatte, selbst hinzufahren und sich alles anzuschauen, oder auch die Freunde zu fragen, ob jemand mitkommen will.

Das fand sie merkwürdig, sehr sogar. Ehrlich gesagt, bezweifelte sie es, dass er dort war. Manchmal zumindest, denn eigentlich hatte sie noch viel schlimmere Gedanken.

Josy wurde hellhörig. Sie hatte schon am Baggersee gemerkt, dass Cindy ziemlich aggressiv auf Noah reagierte, es aber mit der Begründung abgetan, dass bei allen die Nerven blank liegen würden. Dem war wohl nicht so …

„Du bist stinkig auf Noah, weil er uns nicht mitgenommen hat? Und deshalb willst du jetzt selbst hin?"

Doch Cindy ließ sich nicht ablenken, ging mit keiner Silbe auf Josys Frage ein. Sie erläuterte noch einmal die Sache mit dem Seminar.

Ken hatte ihr nämlich berichtet, dass er gar nicht richtig krank war, sondern es am Wochenende ein wenig mit dem Alkohol übertrieben hatte. Montag hing er deshalb noch über der Kloschüssel. Da er dem Chef aber etwas von einem Infekt erzählt hatte, wollte er auch nicht gleich am nächsten Tag wieder in der Firma erscheinen. Aber er hatte Bescheid gegeben, dass er fast wieder fit sei, am Mittwoch oder allerspätestens am Donnerstag zur Arbeit käme und selbstverständlich am Seminar teilnehmen würde.

Er sei total überrascht gewesen, dass Noah ihn übergangen und sich reingeschmuggelt hatte, zumal dessen Termin für das Seminar auch schon feststand. Und nicht nur das, Noah selbst war es, der darum gebeten hatte, es erst im nächsten Jahr zu absolvieren.

„Kannst du mir das vielleicht erklären?", fragte Cindy jetzt ihre Freundin. „Das passt doch alles vorn und hinten nicht zusammen."

Josy gab ihr recht, es hörte sich zumindest merkwürdig an. Zumal Emma ihnen erzählt hatte, wie Noah sich darüber äußerte, einspringen zu müssen, dass er empört war und es ihm überhaupt nicht gefiel. Komisch. Cindy hatte recht, hier stimmte etwas nicht, einer der beiden hatte es mit der Wahrheit nicht so genau genommen.

„Außerdem wissen wir noch nicht einmal, ob er überhaupt bei diesem Seminar war."

„Das dürfte nicht so schwer sein, es herauszubekommen", meinte Josy. „Glaubst du nicht, dass die

Firma sofort einen Anruf oder von mir aus auch eine Mail bekommen hätte, falls ihr Teilnehmer nicht angereist wäre?“

„Ja, kann schon sein“, stimmte Cindy zu, wenn auch recht halbherzig. „Vielleicht ist es denen vom Institut aber auch egal. Die erhalten ihre Kohle in Vorkasse und wenn einer nicht kommt, ist es eben einer weniger.“

Für eine Weile blieben die beiden in sich gekehrt. Der Kellner kam vorbei und sie bestellten einen weiteren Cappuccino. Josy war sich nicht sicher, was in Cindys Kopf vorging, was sie glaubte und was nicht.

„Worauf willst du eigentlich hinaus? Meinst du, die beiden haben sich getrennt?“, bohrte sie nach.

„Nein, das hätten wir doch mitgekriegt“, war sich Cindy ziemlich sicher.

„Nicht unbedingt“, gab Josy zu bedenken, „wenn das bei denen richtig geknallt hat und alles, was wir wissen oder was wir geglaubt haben zu sehen, vielleicht nur noch eine heile Fassade war, die sie vor uns und vor allen anderen aufrechterhalten wollten, warum auch immer, dann könnte sie los sein, so Hals über Kopf, in einer Art Torschlusspanik oder Flucht, nur schnell weg von hier, von ihm, von allen, also auch von uns.“

Cindy schaute sie entgeistert an.

„Hast du eine ungefähre Ahnung davon, wie viele Kommas in deinem Satz eben gesetzt werden müssten? Ich bin zwar nicht blöd, aber bei verschachtelten Sätzen, in denen mehrere Nebensätze aneinandergereiht werden, schaltet sich mein Gehirn irgendwann automatisch ab."

„Okay, ist mir auch aufgefallen." Josy musste lachen. „Du warst eben aber auch nicht viel schlechter. Glaubst du denn, dass die uns die ganze Zeit was vorgespielt haben?"

„Nein", sagte Cindy bestimmt und schüttelte sogar kräftig den Kopf. „Wir sind beste Freundinnen, schon seit Kindertagen, wir hätten es von Emma erfahren." Dann legte sie eine kurze Pause ein, als müsste sie nachdenken. „Ich würde es euch jedenfalls sofort erzählen."

„Ich auch. Die Theorie, dass sie abgehauen sein soll, ist damit wohl endgültig vom Tisch. Das müssen wir jetzt nur noch der Polizei beibringen. Hast du eine Idee, wie wir das machen? Noah hat das bei denen doch schon hundertmal beteuert."

„Wenn er überhaupt dort war."

„Nun hör aber auf." Josy schaute ihre Freundin eindringlich an. „Und selbst wenn es so ist, die Schule hat doch auch eine Vermisstenanzeige aufgegeben. Und ihre Eltern."

„Wissen wir es wirklich? Ich meine, dass sie im Polizeirevier angerufen haben? Oder hat Noah uns das nur erzählt?“

„Also glaubst du nicht daran, dass Emma von sich aus verschwunden ist, sondern du vermutest, dass Noah etwas damit zu tun hat, richtig?“

Doch Cindys Reaktion war nicht eindeutig, wahrscheinlich wurde ihr jetzt erst bewusst, welche Behauptung sie da in die Welt gesetzt hatte.

„Du meinst also allen Ernstes, dass Noah sie getötet hat? Bist du bescheuert?“ Josy schüttelte vehement ihren Kopf, ahmte sogar den Scheibenwischer nach. „Bei dir ticken sie wohl nicht mehr alle.“

„Es muss doch nicht aus Absicht geschehen sein“, versuchte Cindy, ihren Verdacht etwas abzuschwächen. „Vielleicht war es nur ein blöder Unfall, ein Versehen, eine Verkettung ungünstiger Umstände.“

„Und warum hätte er dann nicht die Polizei rufen sollen?“

„Weil es ihm peinlich war? Weil er Angst hatte, dass man ihm nachher etwas anhängt? Ich weiß doch auch nicht.“

„Also willst du in Wirklichkeit dorthin, weil du glaubst, sie wäre tot? Du möchtest hin, um ihre Leiche zu finden?“

„Ja", sagte Cindy jetzt nickend, „oder den eindeutigen Beweis, dass das nicht stimmt, dass dort keine liegt."

„Gut, meinetwegen, ich komme mit, aber nur aus diesem Grund. Vorher klären wir noch ab, ob Noah beim Seminar war oder nicht. Soll ich das übernehmen?"

„Gerne, nur wie willst du das anstellen, ohne dass er Wind davon bekommt?"

„Erst einmal gibt es die sozialen Netzwerke. Es würde mich wundern, wenn die nicht von den aufstrebenden Helden der Branche geflutet worden wären. Mal sehen, ob auch Noah auf den Bildern zu sehen ist."

„Gute Idee, dann übernehme ich die Polizei", meinte Cindy und hatte schon eine Ahnung, wie sie das bewerkstelligen würde …

Okay, Cindy hatte eine Idee, aber die war ziemlich fies. Sie brauchte unbedingt einen Fachmann, am besten Ken, um die `geräuschlos´ über die Bühne zu bringen. Doch richtig einweihen durfte sie ihn auch nicht, der würde eventuell Lunte riechen und alles verderben.

Am Dienstag war diese Idee zu einem perfekten Plan geworden, der auch zugleich eine glaubhafte Erklärung für ihr Tun und Handeln lieferte. Ken zeigte ihr, wie man anonym Nachrichten über das

Darknet verschicken kann, ohne dass der Empfänger an die Adresse des Absenders kommt.

Er glaubte ihr, dass sie ein Opfer von Internetbetrügern geworden war und verstand auch, weshalb sie Chris das verheimlichen wollte. Wegen ein paar BHs so abgezockt zu werden, war schon heftig. Er wünschte ihr Glück, drückte sogar die Daumen, dass sie ihr Geld zurückbekommt.

Sie dagegen schrieb der Polizei, beschuldigte bewusst Noah, ein Verbrechen begangen zu haben. Und damit meinte sie nicht etwa eine Entführung, sondern gleich die Tötung dieser jungen Frau, deren Steckbrief überall zu sehen war.

Sie behauptete, dass sie Zeuge geworden wäre, wie das Paar vor einer Galerie in heftigen Streit geraten sei und er sie dann brutal zum Auto gezerrt hätte.

Okay, das war alles gelogen, aber sie hoffte nun inständig, dass die Polizei endlich mit Ermittlungen beginnen würde, egal, was am Ende dabei herauskäme …

◆◆◆◆◆

10. Kapitel

Die Befragung

Schon am Mittwoch bekam Noah einen Anruf von der Polizeidienststelle. Er wurde gebeten, bereits am nächsten Tag um zehn Uhr zu einer Befragung im Präsidium zu erscheinen.

Als das Telefon klingelte und er die Nummer erkannt hatte, fuhr ihm erst einmal der Schreck in die Glieder. Sie hatten Emma gefunden, war sein erster Gedanke. Warum sollten sie sonst anrufen?

Dann fiel ihm aber ein, dass die Beamten einen Angehörigen immer persönlich aufsuchten, um eine schreckliche Nachricht zu überbringen. Zumindest zeigten sie das so im Fernsehen, eine Blaupause eben, eine Darstellung, wie die Polizei arbeitet. Hoffentlich.

Noah wollte wissen, worum es in dieser \`Befragung´ gehen sollte, doch der Kommissar wiegelte sofort ab. Das würde er morgen erfahren, war seine kurze, aber eindeutige Antwort.

Und als Noah dann anmerkte, dass er um diese Zeit arbeiten müsste, wurde der Beamte noch dreister. Er könnte ihn auch mit einer Streife abholen lassen, ob ihm das lieber wäre. Nein, natürlich nicht, er würde da sein.

Immer noch sichtlich geschockt, erzählte er seinen Freunden von diesem Anruf, als sie sich bei ihm trafen, um wieder einmal alle möglichen Kliniken anzurufen. Das hatten sie bis jetzt fast jeden Tag gemacht.

Während Noah dies darlegte, schaute Josy Cindy an, doch die hob nur die Schultern, als könnte sie sich das auch nicht erklären. Es schien, als wäre Josy mit der Antwort zufrieden, zumindest nickte sie leicht.

Chris und Felix spielten die Sache herunter, um den Freund zu beruhigen, die Mädels hörten anfangs nur schweigend zu. Später beteiligten auch sie sich daran, vor allem Cindy, die plötzlich Gewissensbisse bekommen hatte.

Abends im Bett grübelte sie wieder darüber nach, schloss dann aber ihren Frieden mit sich.

Wenn Noah sauber wäre und keinen Dreck am Stecken hätte, würde sich der Verdacht schnell in Luft auflösen, den der Beamte jetzt gegen ihn hegte. Klar, Justizirrtümer gab es auch, aber den Gedanken daran schob sie ganz schnell von sich …

◆◆◆

Noah hatte sich an der Wache angemeldet und wurde aufgefordert, einen Moment Platz zu nehmen. Ihn würde gleich jemand abholen.

Es dauerte wirklich nicht lange, in der Kürze der Zeit hatte er es nicht einmal geschafft, alle Plakate zu studieren, die der Prävention von Verbrechen galten.

Kriminalkommissar Wink bat ihn in sein Büro. Wenigstens kein Verhörzimmer mit einer Spiegelwand, war Noahs erster Gedanke. Dann aber bemerkte er, dass auch hier nur ein Tisch mit vier Stühlen stand, kein Schreibtisch oder Schrank, weder persönliche Gegenstände wie Fotos und Bilder an den Wänden oder Blumen.

Der Beamte sah recht jung aus, als hätte er noch nicht lange die Schule hinter sich. Wenigstens hatten die ständigen Anrufe nun Erfolg gezeigt, endlich war jemand bereit, ihn anzuhören.

Dabei hatte Noah vollkommen verdrängt, dass er zu einer Befragung vorgeladen worden war, doch schon die ersten Sätze holten ihn in die Realität zurück.

Der Kommissar informierte ihn darüber, dass sie bei einer Vermisstenanzeige keineswegs tatenlos reagieren würden. Von Beginn an, zumindest nach den üblichen vierundzwanzig Stunden, liefen die Ermittlungen. Das war sicherlich für einen Außenstehenden nicht immer wahrnehmbar, darauf kam es bei ihrer Arbeit aber auch nicht an. Ständige Anrufe, so wie er sie in der Vergangenheit praktizierte, waren sicher nachvollziehbar, behinderten am Ende aber die Arbeit der Behörden, da sie wichtige Zeit stahlen.

Dann kam er auf den eigentlichen Punkt, und seine Stimme, die bis jetzt schon ernst klang, wurde um einige Nuancen strenger.

Er erzählte etwas von einem anonymen Hinweis, der auf einen Streit, den er mit Emma auf offener Straße führte, hingewiesen hätte. Und nun wollte Wink wissen, was er wo in der fraglichen Zeit des Verschwindens seiner Freundin gemacht hätte.

Er wollte sein Alibi! Das konnte doch nicht wahr sein!

Noah verlor für einen Moment den Boden unter den Füßen, fing sich dann aber relativ rasch wieder. Ob er denn einen Anwalt bräuchte, wollte er von dem Beamten wissen. Als Antwort bekam er die gleiche Frage zurück.

Er verneinte, nein, den bräuchte er nicht, schließlich hätte er nichts verbrochen und es könnte sich nur um Missverständnisse handeln, die sich schnell klären lassen würden.

„Wenn Sie meinen“, sagte Polizeikommissar Wink ziemlich lapidar und klappte einen dünnen Laptop auf. „Sie waren also an dem Wochenende auf einem Seminar. Stimmt das?“

„Ja sicher“, antwortete Noah, „dafür gibt es hunderte Zeugen.“ Er stockte kurz. „Na ja, nicht hunderte, aber eine ganze Menge sind es schon. Wir waren zwanzig Teilnehmer, dazu noch die Dozenten, das Hotelpersonal, ja, die haben mich alle gesehen, die können das bestätigen.“

„Gut, wir werden es überprüfen und sollte es stimmen, haben Sie zumindest ein erstklassiges Alibi.“

Noah entspannte sich langsam. Egal, was jetzt noch käme, er wäre spätestens dann von der Liste der Verdächtigen gestrichen.

„Warum kam es vor der Galerie zu einem Streit zwischen Ihnen und Ihrer Freundin?“

„Wir hatten gar keinen Streit.“

Noah war überrascht und machte keinen Hehl daraus. Prinzipiell stritten sie sich ohnehin selten und in dem Moment hätte er noch nicht einmal gewusst, wann es den letzten zwischen ihnen gegeben hatte. Doch etwas anderes erstaunte ihn noch mehr, aber der Beamte ließ ihm keine Zeit, weiter darüber nachzudenken.

„Standen Sie denn überhaupt vor einer Galerie?“

Das musste Noah bestätigen. Er erzählte ihm daraufhin von dem Nachmittag, angefangen beim Straßenfest und dem merkwürdigen Verhalten des Galeristen, ihrem gemeinsamen Besuch in den Ausstellungsräumen, die Überraschung aller vor dem Porträt der jungen Frau, welche Emma bis auf das kleinste Detail glich und er ließ auch Cindys Spinnerei über die reichen Vorfahren nicht aus.

Jedes seiner Worte schien der Beamte einzutippen. Noah selbst war auch nicht gerade langsam auf einer Tastatur, aber da hätte er nicht mithalten können. Gehörte das schnelle Schreiben neuerdings zu deren Ausbildung?

Nun war die Befragung zu Ende. Der Kriminalkommissar bat ihn, sich zur Verfügung zu halten, sollten noch weitere Fragen auftreten und er ließ durchblicken, dass sie seine Angaben überprüfen würden.

Das hoffte Noah, damit dieser Spuk endlich ein Ende hatte …

Nachdem er wieder \`frei´ war, rief er sofort seine Freunde an und berichtete ihnen von dem Verdacht gegen ihn, auch von dem Zeugen und dessen Aussage. Das löste bei allen Entsetzen aus, zumindest bei den Jungs. Josy telefonierte etwas später mit Cindy und diesmal wollte sie wissen, ob sie ihre Hände im Spiel hatte.

Doch die verneinte vehement, sodass Josy ihr am Ende glaubte. Aber Cindy fühlte sich jetzt erst recht schlecht, neben ihrer anonymen Anzeige kam auch noch diese Lüge dazu, und alles wäre gar nicht nötig gewesen. Nichts davon, da die Polizei ja offensichtlich ihre Arbeit machte.

Bei ihrem abendlichen Treffen war es zu Beginn das Thema schlechthin, Noah musste allen haarklein berichten, was der Beamte gefragt hatte. Später kamen sie auf ihren Urlaub zu sprechen, und ja, es wurde höchste Zeit, denn bereits morgen sollte die Fahrradtour der Jungs starten.

Keinem von ihnen stand der Sinn danach, etwas zu unternehmen, alle waren zur Zeit überfordert, mussten sie sich doch mit den Ereignissen auseinandersetzen.

Noah hob sofort die Hände, er wäre keinesfalls in der Lage, auf Tour zu gehen, ganz abgesehen davon, dass er es auch nicht dürfte. Schließlich sollte er sich zur Verfügung halten, falls der Kriminalist noch Fragen hätte. Oder Verdächtigungen …

Aber er verlangte von Chris und Felix, dass sie es durchziehen sollten. Wer wüsste schon, was alles passieren würde, und womöglich geschah überhaupt gar nichts.

In dem Fall würden alle eine Woche tatenlos zu Hause rumhängen und sich nur trübe Gedanken machen. Es reichte doch, wenn er dieses Los tragen musste und notfalls könnte er einfach anrufen. Falls er sie bräuchte.

Auch die Mädels sollten ihren Wellness-Schönheits-Urlaub antreten, für sie würde das Gleiche gelten.

Anfangs moserten die vier ein wenig, sie hatten alle ein schlechtes Gewissen. Josy schlug daraufhin vor, dass sie beide wenigstens die Anrufe weiterführen könnten, zwischen ihren Behandlungen und Massagen wäre immer noch genügend Zeit. Und so kam langsam sogar so etwas wie Vorfreude auf.

Früher als sonst verabschiedeten sie sich von Noah, um die letzten Vorbereitungen zu treffen und ihre Sachen zu packen. Er schaute ihnen traurig hinterher, stand auf der Terrasse und winkte ihnen zum Abschied nach. Allen gab das irgendwie einen Stich ins Herz …

Am nächsten Morgen, kurz vor zehn, meldete sich der Kriminalkommissar bei Noah. Der Anruf löste die gleiche Reaktion aus wie vor zwei Tagen, sofort kam ihm der Gedanke an Emma, dass sie gefunden und tot sei. Doch der Beamte beruhigte ihn umgehend.

Sein Alibi sei überprüft worden, sehr viele Leute hätten seine Anwesenheit im Hotel bestätigt. Dann wünschte er ihm noch ein schönes Wochenende.

Spaßvogel, wie sollte das gehen?

Er rief die Freunde an und teilte ihnen die Neuigkeit mit. Die Jungs jubelten sofort los und versprachen, sich jeden Tag bei ihm zu melden. Aber jetzt müssten sie dringend los …

◆◆◆◆◆

11. Kapitel

Der Umweg

Die beiden jungen Frauen hatten ihre Männer verabschiedet und danach selbst noch den Rest ihrer Sachen gepackt. Gegen Mittag klingelte Cindy bei ihrer Freundin, jetzt sollte es losgehen, endlich. Erst zu der Ruine, auf Detektivjagd, und dann zu dem langersehnten Verwöhn-Urlaub.

Sie hatten die Fenster nach unten gedreht und auch das Dach geöffnet, der Radiomoderator machte Späße und schwor seine große Fangemeinde auf das Wochenende ein. Das färbte sogar auf sie ab.

Zwischendurch sprachen sie immer mal wieder über Emma, wie sie fehlen würde, welche Lücke ihr Verschwinden gerissen hatte. Und sie gingen erneut alle Möglichkeiten dafür durch.

„Könntest du einfach so abhauen?", fragte Cindy, „ohne jemand Bescheid zu geben, ohne wenigstens uns, deinen besten Freundinnen, etwas zu hinterlassen?“

„Ich weiß nicht“, antwortete Josy, merkte aber, dass ihre Freundin die Augen plötzlich weit aufgerissen hatte, kaum, dass die Worte ihren Mund verließen.

„So erst einmal nicht“, fuhr sie fort und Cindy entspannte sich wieder. „Aber man hört oft schreckliche Geschichten von Frauen, die zu Hause mehr als nur die Hölle erleben. Wer weiß, wenn ich den Mut dazu hätte, wahrscheinlich würde ich dann auch versuchen, ihr zu entkommen.“

„Ja, auf Emma trifft das aber nicht zu.“ Cindy schwieg für einen Moment. „Oder meinst du, dass sie sich so verstellt haben könnte?“

„Ach du nun wieder. Reitest du immer noch auf Noah rum? Du warst es doch mit der Information an die Polizei, oder? Habe ich recht?“

Cindy nickte.

„Entschuldige, dass ich dich angelogen habe, mir ist das so peinlich, ehrlich. Gott sei Dank ist jetzt alles wieder in Ordnung.“

„Du meinst, weil die sein Alibi bestätigt haben?“

Als Antwort kam lediglich ein Nicken.

„Und warum fahren wir dann zu der Ruine?“

Cindy drehte den Kopf und lächelte Josy an, dann schaute sie zurück auf die Fahrbahn.

„Mann, das ist doch ein geiles Abenteuer. Ein verwunschenes Schloss, vielleicht meterhohe Dornenhecken davor und dahinter ein kleines Paradies."

„Mit einem Prinzen, der wachgeküsst werden muss?"

„Wenn dann schon zwei. Zwei Prinzen, meine ich. Aber die brauchen wir nicht, unsere fahren gerade bei der Hitze wie die Blöden mit ihren Rädern durch die Gegend. Also ich brauche keinen", bekräftigte sie noch einmal und zwinkerte.

„Ich auch nicht, ganz bestimmt nicht. Außerdem ist es ja nur ein Herrenhaus und kein Schloss. Das mit den Dornenhecken könnte aber stimmen."

„Mann, du bist immer so pingelig."

Beide lachten und genossen die Fahrt, selbst Josy. Wer weiß, vielleicht fanden sie doch etwas Aufregendes …

„Wir haben uns bestimmt verfahren."

Cindy hatte sich über Josy gebeugt und beide schauten aus dem offenen Fenster. Zu ihrer Rechten befand sich ein hoher Zaun, der auf einem gemauerten Sims stand und von ebenfalls gemauerten Säulen gehalten wurde.

Er bestand aus schwarzem Metall, mit kunstvoll gedrehten Stäben, auf denen sehr lange, böse

Spitzen thronten. Diesen Zaun konnte niemand überwinden.

Dahinter war viel Grün zu sehen, aber keineswegs verwahrlostes Buschwerk oder meterhohe Dornen, im Gegenteil, alles sah sehr gepflegt aus, obwohl der Bewuchs den freien Blick einschränkte.

Die hohen, sicherlich auch sehr alten Bäume und die vielen Büsche versperrten ihnen die Sicht auf das Gebäude, doch das, was sie bis jetzt davon erkennen konnten, war alles andere als heruntergekommen.

„Wir sind hier falsch“, stimmte Josy zu, „Noah sprach doch von einer verfallenen Ruine.“

„Ich bin genau nach google gefahren“, widersprach Cindy, „wir müssen hier richtig sein.“

„Du meinst, er hat uns angelogen? Er war gar nicht hier?“

„Möglich. Oder er hat sich verfranzt und stand wirklich vor einem verfallenen Haus. Oder wir sind falsch abgebogen“, meinte sie nun etwas kleinlaut.

Dann änderte sie ihre Körperhaltung, straffte sich, stellte den Motor aus, gurtete sich ab und öffnete die Tür.

„Wo willst du hin?“, rief Josy, tat es ihr gleich und lief hinterher.

„Ich will es mir genauer ansehen.“ Schon lugte die Freundin zwischen den Metallstäben hindurch.

Zuvor waren sie an einem großen schmiedeeisernen Tor vorbeigefahren, genau da wollte sie hin.

„Der Alte hatte doch auch noch das andere Bild, nicht nur Emmas Porträt. Dieses, wo die Familie drauf war und das Haus. Vielleicht ist es dies hier?“

„Du meinst den Galeristen?“ Josy lächelte und schüttelte schmunzelnd den Kopf. „Der war vielleicht fünfzig. Warte mal ab, wenn du in dieses Alter kommst und jemand dich so tituliert.“

„Dem hau´ ich eins aufs Maul.“

Beide mussten lachen. Sie standen jetzt vor dem großen doppelten Tor und beschauten es fast andächtig. Es maß mindestens vier Meter Höhe, vielleicht sogar fünf.

Beide Flügel waren in der Mitte mit einem Ornament verziert und jetzt, geschlossen, ergaben sie den Buchstaben `F´, umspielt von Efeuranken und Rosenblüten, eingerahmt von Getreideähren.

Noch standen die beiden Mädchen einen Meter davor, schauten auf das Tor und auch hindurch.

„Wir sollten reingehen.“

„Spinnst du?“, fragte Josy entsetzt, „du kannst doch nicht einfach ein fremdes Grundstück betreten.“

„Das Tor stand offen?“

Cindy schaute fragend und dabei leicht grinsend ihre Freundin an.

„Nein, das macht es nicht. Auf gar keinen Fall." Josy trat näher heran und entdeckte eine Klingel. „Wir läuten", sagte sie und drückte den Knopf. „Oder wir schellen, keine Ahnung, wie das auf vornehm heißt." Dann kam sie zurück und beide warteten.

Doch es geschah nichts, rein gar nichts. Sie hatten bestimmt schon fünf Minuten ausgeharrt, ohne dass sie etwas sahen oder hörten.

„Ich klingele noch mal."

Josy ging zu dem Knopf und drückte ihn, diesmal noch etwas länger, dann stellte sie sich erneut neben Cindy. Wieder warteten sie.

„Ich habe nicht einmal gehört, dass du geklingelt hast."

„Wie soll das auch gehen? Das Haus ist so weit weg, glaubst du wirklich, dass du deren Klingel hier hören könntest? Oder löst neuerdings der Knopf auch schon Geräusche aus?"

„Du nervst. Ich meinte ja nur."

Nach weiteren vergeblichen Minuten des Wartens trat Cindy plötzlich vor.

„Denkst du, ich kann nicht klingeln?"

„Nein, das Tor ist offen", entgegnete sie und fasste schon an die Gitterstäbe.

„Bist du wahnsinnig? Lass das, die rufen bestimmt die Polizei oder haben selbst einen

Wachdienst.“ Blitzschnell war Josy an die Seite ihrer Freundin getreten.

„So klingele, läute oder schelle von mir aus ruhig noch ein drittes Mal. Wenn sich dann aber keiner meldet …“

„Dann fahren wir weiter.“

„Sag mal, der Alte“, Cindy hatte sich wieder ihrer Freundin zugewandt, „der hat doch auch von einer verfallenen Ruine gesprochen, oder?“

„Genau. Wir sind falsch, also lass uns fahren.“

„Oder, der war lange nicht mehr hier und in der Zwischenzeit hat irgendjemand das Gebäude neu aufgebaut.“

„Egal, lass uns fahren“, drängelte Josy mittlerweile.

„Nein, ich will wenigstens sehen, ob es das Haus auf dem Bild ist. Lass uns weitergehen, vielleicht können wir dann die Hütte besser sehen.“ Sie grinste Josy an. „Ich meine natürlich das Herrenhaus, gnädige Frau.“ Sie machte sogar einen Knicks.

„Du bist vielleicht eine Spinnerin.“ Selbst Josy musste jetzt lachen. „Okay, danach fahren wir aber wirklich los.“

„Einverstanden.“ Cindy gab Josy einen Schmatzer auf die Wange und ging schon am Zaun entlang.

„Warte mal, da ist jemand.“

Sofort kam Cindy zurück. Beide schauten durch den Zaun, zwischen zwei Stäben hindurch, und tatsächlich, da war ein Mann.

Eher ein junger Bursche. Er trug Jeans und ein Shirt, darüber eine lange grüne Schürze und war gerade dabei, eine Schubkarre vor sich her zu schieben. Mit einem Rechen schien er Laub zusammen zu harken.

„Hallo! Hallo!", riefen die beiden laut in seine Richtung.

Als er sie sah, winkte er ihnen zu, setzte dann aber seelenruhig seine Arbeit fort.

„Was ist das denn für ein Klops?", motzte Cindy und rief ihm erneut zu.

Jetzt endlich schien er es kapiert zu haben. Er legte den Rechen in die Schubkarre, auf dem Weg zu ihnen wischte er sich die Hände an der Schürze ab.

Er war jung, vielleicht nur wenig älter als sie, schlank, fast sportlich. Sein braunes Haar hatte er streng nach hinten gekämmt und mit viel Gel fixiert. Und er hatte Koteletten.

Cindy fand diese Dinger eklig, gerade in den alten englischen Filmen, wenn die Herren sich die langen, strubbeligen, meist roten Büschel stehen ließen, wirkten sie extrem unattraktiv.

Bei ihm waren sie zwar nicht rot und die Haare selbst auch nicht so lang, aber schön fand sie die Streifen trotzdem nicht.

„Guten Tag, meine Damen. Kann ich Ihnen helfen? Haben Sie sich vielleicht verfahren?"

„Nein. Guten Tag", antwortete Cindy. „Wir wollten mal fragen, ob wir uns vielleicht das Haus anschauen dürfen."

„Um Himmels willen, nein", rief der junge Mann entsetzt, „ich darf Sie nicht einmal hereinlassen."

„Warum nicht?" Wieder war es Cindy, die offensichtlich mit der Absage ein Problem hatte. „Wir wollen nichts stehlen oder so. Einfach nur das Haus anschauen, auch bloß von außen, mehr nicht. Ehrlich."

„Tut mir leid", war seine entschuldigende Reaktion. „Die Herrschaften sind nicht anwesend und mir ist es strengstens untersagt, Fremde auf das Anwesen zu lassen."

„Sie haben wahrlich einen grünen Daumen", schaltete sich jetzt Josy ein. „Ich glaube, ich habe noch nie in meinem Leben solch einen schönen, gepflegten Garten gesehen. Wie schaffen Sie nur die ganze Arbeit, die damit verbunden ist?"

„Ach, das erledigt sich alles von allein", erwiderte der junge Mann und man sah ihm an, wie geschmeichelt er sich bei Josys Worten vorkam.

„Nein, das macht es sicher nicht und jetzt bedauere ich noch mehr, dass wir nicht hineindürfen. Was für eine Pracht. Sind das dort hinten etwa Alba semiplena?“

„Sie kennen die Rosa Alba? Das ist eine uralte Sorte. Kaum einer kennt sie.“ Viel hätte nicht gefehlt und sein Mund wäre vor Erstaunen offengeblieben.

„Entschuldigen Sie bitte, dass wir Ihre Zeit in Anspruch genommen haben. Auf Wiedersehen“, sagte Josy nun und drehte sich bereits weg.

Cindy stand die ganze Zeit daneben und lauschte fasziniert. Wie kam ihre Freundin nur auf solche Gedanken? Und seit wann kannte sie sich so genau mit Blumen aus?

„Warten Sie, bitte.“ Der junge Mann griff unter seine Schürze und holte aus der Hosentasche ein Schlüsselbund hervor. „Aber Sie müssen mir versprechen, keine Fotos zu machen und niemanden davon zu erzählen. Also, dass ich Sie hereingelassen habe. Ich verliere sonst meinen Job.“

Man sah ihm den Zwiespalt regelrecht an. Einerseits wollte er den jungen Frauen die Schönheit des Gartens zeigen, ihnen auch einen Blick auf das Haus gewähren, andererseits hatte er Angst, große Angst vor den Konsequenzen.

„Wo sind denn Ihre Herrschaften?“, fragte Josy, bemerkte aber selbst, dass es sehr neugierig klang.

„Wir möchten Sie nicht in Bedrängnis bringen, falls sie vielleicht eher zurückkommen sollten."

Jetzt war es an Cindy, mit offenem Mund dazustehen. Seit wann sülzte ihre Freundin so rum? Einfach schrecklich, aber sie hatte Erfolg damit.

„Nein, das kann nicht passieren", sagte der junge Gärtner und öffnete bereits das erste der Schlösser. Insgesamt waren es fünf. „Sie sind in Übersee, vielleicht auch schon in Australien. Nein, heute kommen sie bestimmt nicht zurück."

„Wow", entfuhr es Cindy, „wie können Sie nur die vielen Schlüssel auseinanderhalten?"

Sie war entsetzt, über sich, denn jetzt sülzte sie schon genauso wie ihre Freundin.

„Ach, das ist leicht", antwortete er. „Ganz oben kommt der kleine Schlüssel rein und unter der größte. Sehen Sie?"

Er hielt ihnen das Bund hin und wies auf die fünf Schlüssel, von denen wirklich jeder eine andere Größe hatte, ganz lang der eine, alle anderen um einen Bart kürzer.

„Raffiniert." Cindy lächelte den jungen Mann an und der strahlte zurück.

„Bitte."

Mit der Hand wies er ihnen nun den Weg, es war ein breiter aus Schotter, umsäumt von großen alten Bäumen und duftenden Büschen. Nach einigen

Schritten sahen sie bereits einiges von dem Haus und je näher sie kamen, umso mehr wurde es.

In der Mitte davor zog ein Rondell mit einem Springbrunnen ihre Blicke auf sich, links daneben lud eine tiefgrüne Wiese mit Tisch und vier Stühlen zum Verweilen ein.

„Es ist sehr heiß heute, darf ich Ihnen vielleicht etwas Kaltes zu trinken anbieten?“ Er lächelte die beiden an. „Sie wollten doch das Haus sehen, oder? Setzen Sie sich ruhig hin, von hier haben Sie den besten Blick.“

Schon machte er Anstalten, ins Gebäude zu gehen, drehte sich aber spontan mit erschrockenem Blick wieder um.

„Aber bitte, um Himmels willen, machen Sie bloß keine Fotos.“

„Nein, das werden wir nicht machen.“ Josys Worte klangen fest, bestimmt, und sie bestätigte das Versprechen obendrein noch mit einem lebhaften Nicken. „Wir möchten Sie keinesfalls in Verlegenheit bringen, wo Sie uns doch gerade einen Wunsch erfüllt haben und sich als so gastfreundlich erweisen.“ Dann lächelte sie ihn auch noch strahlend an und er ging wirklich los.

„Mann, kannst du vielleicht schleimen.“

„Na und? Außerdem mache ich Konversation, meine Liebe.“ Sie grinste. „Du wolltest doch hier rein, oder? Sei zufrieden, jetzt kriegen wir sogar noch was zu trinken, ich habe wirklich Durst. Eventuell lässt er uns sogar ins Haus. Wir können ja behaupten, wir müssten auf Toilette. Vielleicht klappt's."

„Ja, und es ist das Haus, ich meine, das auf dem Bild. Richtig?"

Doch Josy nickte nur …

◆◆◆◆◆

12. Kapitel

Willkommen

„Wenigstens hat sich damit auch mein Verdacht in Luft aufgelöst, was Noah betrifft." Cindy schaute sich um. „Hier würde man noch nicht einmal erkennen, ob jemand was verbuddelt hat, sieht nämlich alles frisch gegraben und geharkt aus."

„Ja, und an dem Gärtner kommt auch keiner vorbei."

„Genau wie an dem Zaun oder Tor. Hast du schon mal irgendwo solch eine hohe Begrenzung gesehen?"

„Nein, ich kenne die höchstens von Bildern. Früher wurden Burgen, auch Dörfer oder kleinere Städte vor Eindringlingen geschützt. Dazu dienten meistens spitze Holzpfähle oder gar richtige Mauern."

„Sie an, ich dachte immer, Emma wäre die Neunmalkluge, ich meine, die Lehrerin mit dem

Allgemeinwissen. Wieso kennst du dich so gut mit Rosen aus?“

„Als Kind stand ich total auf Prinzessinnen, habe haufenweise Bilder gemalt, bis meine Mutter meinte, ich solle doch auch mal etwas anderes zeichnen.

Wollte ich aber nicht. Als ich dann lesen konnte, gab sie mir Bücher über Prinzessinnen, später dann historische Romane, die habe ich geliebt und regelrecht verschlungen.“

„Okay.“ Es war offensichtlich, dass Cindy das nicht so richtig nachvollziehen konnte.

„Na ja, für meine Mutter war es gut, weil sich das Kaufen von Zeichenblöcken erledigt hatte, und ich mochte die Geschichten über Grafen, Fürsten, Baronessen und Königinnen. Außerdem habe ich dadurch eine Menge gelernt, was uns am Ende ja auch geholfen hat, hier reinzukommen.“

„Ist der abgehauen?“, fragte Cindy. „Oder etwa umgekippt? Kein Mensch braucht so lange, um zwei Gläser Wasser zu holen.“

„Vielleicht liegt die Küche ganz weit hinten oder er musste sich erst die Hände waschen.“ Josy lachte kurz auf. „Ich schätze, das dauert bei dem ewig, so gründlich und akkurat wie der ist.“

„Aber warum haben Noah und der Alte von einer Ruine gesprochen?“, kam Cindy erneut auf ihr Anliegen zurück. „Das verstehe ich nicht. Sind wir doch falsch gefahren, bin ich zu früh oder zu spät abgebogen?"

„Vielleicht hat der Galerist sich das hier vor vielen Jahren angeschaut, da stand sie womöglich noch. Wir können den Gärtner ja fragen, ob und wann das Anwesen wieder so hergerichtet wurde. Und Noah? Der war entweder ganz woanders oder es ist wirklich nur eine Notlüge gewesen. Vielleicht hat er sich geschämt, weil er nicht selbst auf die Idee gekommen ist, was weiß ich. Wir können ihn ja heute Abend anrufen."

„Ja, das machen wir. Wollen wir denn …"

Weiter kam Cindy nicht, denn nun erschien der junge Gärtner. Mit einem Tablett in der Hand, auf dem ein großer gläserner Krug und zwei Gläser standen, stieg er die wenigen Stufen herab und kam direkt zu ihnen. Und wieder lächelte er.

„Ich habe die Limonade frisch zubereitet, sicher haben Sie schon gewartet."

Er brachte das Tablett zum Tisch, füllte die Gläser und stellte sie vor die Frauen. Im Krug schwammen Scheiben von Zitronen und Orangen, auch einige grüne Blätter, sicherlich Minze, und viele Eiswürfel, wodurch der Krug sogar leicht beschlug.

„Sie trinken nichts?", fragte Josy, die kurz an dem Getränk gerochen hatte. Sie lag richtig, die Minze verströmte einen intensiven Duft, doch da war noch etwas anderes, etwas Blumiges, interessant und geheimnisvoll.

„Oh, dies hier darf ich leider nicht", sagte er und hob bedauernd seine Arme. „Das Getränk sieht so schön aus mit dem Gelb und Orange der Früchte, den Sonnenstrahlen, die sich in dem Wasser brechen und dem kräftigen Grün darin." Er seufzte. „Aber Zitrusfrüchte, alle, auch die süßen Mandarinen, lassen mich ohnmächtig werden."

„Sie haben eine Allergie?" Cindy ging das umständliche Erklären, das Umschreiben ganz einfacher Dinge gehörig auf die Nerven.

„Ja, leider, aber ich habe drinnen kaltes Wasser getrunken."

„Sie sind ja ein richtiger Poet", meinte Josy, nachdem sie kurz genippt und das Glas gegen die Sonne gehalten hatte. „Was für eine schöne, fast liebevolle Beschreibung."

„Sie übertreiben", antwortete er und Röte überzog sein Gesicht. „Ich bin doch kein Poet, nur ein Gärtner."

„Ja, aber einer, der die schönen Dinge zu schätzen weiß, ganz offensichtlich."

Während Josy weiter \`Konversation´ machte, senkte Cindy ihren Kopf und verzog genervt das Gesicht …

◆◆◆

Sebastian wusste mitunter nicht genau, wen er gerade vor sich hatte. Emma war, entgegen ihrer sonstigen Art, manchmal launisch, fast herrisch, Esmeralda hingegen konnte auch liebenswert und freundlich sein.

Meistens half ihm dann ein Blick an die Wand. Hingen alle Bilder noch da, bis auf das große über dem Sekretär, welches erst noch kommen würde, saß ihm seine heiß geliebte Herrin gegenüber. Verschwanden eins oder gleich mehrere, war Emma in ihren Körper zurückgekehrt, hatte wieder Besitz von ihm ergriffen.

Als es klingelte, stand er am Schrank und sortierte frisch gewaschene Wäsche ein. Er war überrascht und schaute erst zu der jungen Frau, dann zur Sicherheit an die Wand. Er lag tatsächlich richtig, eines der kleineren Tierporträts, das mit der Schildkröte, hatte sich aufgelöst.

„Was war das eben?", fragte sie auch schon. „Es hörte sich fast wie eine Klingel an."

„Ich habe nichts gehört, gnädiges Fräulein", sagte er und griff in das obere Fach des Schrankes.

Dort standen mehrere Flaschen mit großen weißen Etiketten, die in einer alten Schrift mit schwarzer Tinte gekennzeichnet waren. Sie sahen genauso aus wie die in einigen Apotheken, die solche Relikte vergangener Zeiten gerne als Dekoration benutzten.

„Sie haben sicher nur geträumt oder den besonderen Laut eines Vogels gehört."

Sebastian schaute sie an, ob sie seine Erklärung schlucken würde. Erst danach goss er etwas aus einer der Flaschen in ein kleines Glas, verkorkte und verstaute sie wieder im Fach. Er stellte das Glas auf den Sekretär und verschloss den Schrank. Den Schlüssel steckte er in seine Hosentasche. Auch wenn sie jetzt noch nicht aufstehen konnte, in einigen Tagen wäre es sicher so weit.

„Trinken Sie das, gnädiges Fräulein", forderte er sie höflich auf und schenkte ihr noch einen aufmunternden Blick. „Es ist ein Elixier, welches Sie stark und kräftig werden lässt. Nur zu."

Anfangs schaute sie etwas skeptisch, doch sein Lächeln und die Aussicht auf Stärkung verfehlten ihre Wirkung nicht. Mit einem Zug leerte sie das Glas und ließ sich dann wieder in die Kissen sinken.

„Sehr gut, gnädiges Fräulein", lobte er und strich ihr leicht über den Kopf. Doch da schlief sie bereits, ihr Atem ging gleichmäßig und ruhig.

Jetzt klingelte es zum zweiten Mal und verärgert lief er nach unten. Für diesen Fall hatte er Vorsorge getroffen, streifte sich die grüne Schürze über, benutzte den hinteren Ausgang und ging dann langsam ums Haus. Dort begann er zu harken …

◆◆◆

Das kalte Getränk schmeckte vorzüglich, intensiv nach der Säure der Früchte, doch auch die Kräuter entfalteten ihre Wirkung. Das war sicher nicht nur Minze.

Währenddessen unterhielt sie der Gärtner mit netten Episoden. So erfuhren sie, dass das Anwesen den Fellbrooks gehört, einem alten Geschlecht, dessen Vorfahren dieses hübsche Herrenhaus errichtet hatten. In den Jahrhunderten soll es immer mal zerfallen gewesen sein, doch jedes Mal wurde es wieder aufgebaut, meistens noch größer und schöner als vorher.

Im letzten Krieg war es auch zerstört worden, hier stand nur noch eine Ruine, doch die Fellbrooks hatten keine Mühen gescheut, es in den vergangenen Jahren wieder herrichten zu lassen.

Er fand das merkwürdig, weil sie fast nie anwesend wären, sondern immer nur auf Reisen oder sich in London aufhielten, wo sich ihr eigentlicher Wohnsitz befand.

„Sie kommen also nie her?", fragte Cindy, jetzt hellhörig geworden.

„Nein", gab der Gärtner nachdenklich zu, „also fast nie." Er sah, wie die beiden Frauen lächelten. „Sie möchten bestimmt auch mal ins Haus hineinschauen, oder?"

Das sagte er mit einem gewissen Stolz in der Stimme, als wäre er der Eigentümer, als wäre es sein Besitz. Aber das war ihnen egal, sie waren neugierig und wollten so gern auch noch einzelne Räume sehen. Dann hätten sie wenigstens was zu erzählen.

Und so machten sie sich, als ihre Gläser geleert waren, auf den Weg. Josy schwankte leicht, als sie aufstand, schob es aber auf ihren Kreislauf, denn ansonsten ging es ihr prächtig. Und Cindy hatte ein permanentes Lächeln auf den Lippen. Vielleicht freute sie sich einfach, dass es nun in das ehrwürdige Haus hineinging.

Doch nicht nur das brachte sie zum Strahlen, mittlerweile auch Josy. Alles erschien plötzlich so bunt, die Farben so intensiv und die Gerüche fast greifbar. Was für ein wundervolles Fleckchen das hier doch war.

Zuerst betraten sie das Herrenzimmer. Dort fielen ihnen die rustikalen Möbel, ein großes Wandregal voller Bücher, der Kamin, ein langer Tisch mit Flaschen, wahrscheinlich Whisky oder Brandy, besonders auf. In der Mitte standen zwei Sofas und mehrere Sessel um einen niedrigen Tisch herum, der mit hübschen Aschenbechern und Untersetzern versehen war. Hier ließen es sich also die Männer gut gehen.

Der Gärtner führte sie nun in einen anderen Salon, der meistens von den Damen genutzt wurde. In ihm war alles filigraner, bunter, überall leuchteten wunderhübsch gemalte Blumen, an den Wänden, auf den Kissen und Deckchen. Man fühlte sich wie in einem Museum, als wäre die Zeit hier stehengeblieben.

„Wollen Sie mal etwas ganz Aufregendes sehen?“, fragte er plötzlich, doch er wartete ihre Antwort gar nicht erst ab. „Dann sollten wir in den Keller gehen.“

„Da lagern doch bestimmt die Weinvorräte, oder?“ Cindy strahlte immer noch über das ganze Gesicht.

„Selbstverständlich“, bestätigte er, „aber es gibt da noch etwas anderes, etwas ganz Gruseliges.“ Er schaute die beiden an, mit freudiger Erregung. „Es ist der alte Folterkeller.“

Gemeinsam stiegen sie die Stufen hinunter, die feucht waren. Überhaupt roch es hier modrig, überall hingen Spinnweben und Josy glaubte, eine große Ratte gesehen zu haben, die an der Wand lang huschte.

Erstaunlicherweise störte sie das nicht, sie schrie auch nicht erschreckt auf, sondern fand den Nager süß. Wären die anderen nicht schon weitergelaufen, hätte sie versucht, das liebe Tier zu streicheln.

Sie warfen einen Blick in den Weinkeller, riesige Regale mit hunderten Flaschen standen an den Wänden und auf einer Seite sogar Fässer, groß, rund und sicher sehr alt. Sie hatten Hähne an der Stirnseite, neben jedem stand ein Schemel, um sicher ein Glas oder Gefäß abstellen zu können, wenn man den Inhalt prüfen oder davon trinken wollte.

Doch dann kamen sie in eine Art Gruft, dem eigentlichen Folterkeller. An der Wand waren schwarze Ringe aus Metall in unterschiedlicher Höhe eingelassen worden. Damit wurden die Straftäter gefangen gehalten, manche mussten wohl stehen, während andere sich zu setzen hatten.

Sie sahen Peitschen und Folterinstrumente, die sie nicht kannten, kicherten immerzu grundlos und schwatzten aufgeregt umher.

Sebastian, so hieß der junge Mann, hatte eine der Peitschen in die Hand genommen, eine mit vielen einzelnen Lederriemen, an deren Enden Metallkugeln mit scharfen Spitzen befestigt waren. Damit knallte er durch die Luft und die Mädchen kicherten beziehungsweise quietschten vor Freude. Sie klatschten sogar Beifall, hüpften wie Gummibälle auf der Stelle und feuerten ihn an, noch mal, noch einmal …

Er tat, wie ihm geheißen, holte kräftiger aus und traf Josy. Vor Schmerz schrie sie fürchterlich auf, die scharfen Kugeln hatten ihr Gesicht und den Hals getroffen und regelrecht zerfetzt, Teile ihres Shirts wurden zerrissen und Blut färbte die Kleidung rot. Nur einen Moment später sackte sie ohnmächtig zusammen.

Cindy schaute auf die am Boden liegende Freundin, bemerkte das viele Blut, welches aus den offenen Wunden quoll und konnte doch nicht aufhören zu kichern.

Dann sah sie aus den Augenwinkeln etwas Großes, Schwarzes auf sich zukommen. Es traf sie am Kopf, etwas knackte in ihr, nach einem weiteren Augenblick verlor auch sie das Bewusstsein …

◆◆◆◆◆

13. Kapitel

Der Unfall

Emma wachte langsam auf, sie war noch schlaftrunken und benebelt, gerade so, als hätte man sie aus dem Tiefschlaf geweckt. Da wusste man auch nicht gleich, wo man war.

Ihr Körper fühlte sich matt an, selbst das Öffnen der Augen fiel schwer, also ließ sie die einfach geschlossen. Stattdessen überlegte sie, warum sie überhaupt wach werden oder aufstehen sollte, wenn es doch offensichtlich noch gar nicht Zeit dazu war.

Aber allein der Begriff `Zeit´ sorgte bei ihr für Unruhe. Wie spät war es denn? Überhaupt, welcher Tag war heute?

Sonntag, es war Sonntag. Heute würde Noah nach Hause kommen.

Jeder Gedanke benötigte unendlich lange, ehe er entstand und sie dessen Bedeutung begriff. Es war nicht ihre Zeit, stellte sie fest, sie würde einfach weiterschlafen …

Und wieder erwachte sie und ihr Körper fühlte sich schlapp an, so schwer und müde. Sie sollte sich umdrehen und weiterschlafen, schließlich hatte der Wecker noch nicht geklingelt. Musste sie überhaupt zur Schule?

Ihr fiel es wieder schwer, sich zu erinnern, welcher Tag heute war. Mit den Augen blinzelte sie leicht und erkannte, es war hell. Taghell. Hatte sie noch ein paar Minuten, bevor sie aufstehen musste, oder war es viel zu spät, hatte sie etwa verschlafen?

Jetzt versuchte sie nahezu krampfhaft, auf den heutigen Wochentag zu kommen. Was habe ich denn gestern gemacht?

Alles schien so weit weg, es fiel ihr nicht einmal mehr ein, welche Klasse sie unterrichtet hatte. Warum war ihr Körper so schwer? Die Beine fühlte sie überhaupt nicht mehr.

„Fräulein Emma?“

Schlagartig war sie wach und öffnete die Augen. Sie lag in einem Bett und neben ihr stand der Galerist. Er hatte eine Vase in der Hand und es sah so aus, als würde er die Blumen darin gerade etwas ausrichten.

Mit ihren Augen schien etwas nicht zu stimmen, sie konnte immer noch nicht richtig sehen, sämtliche Konturen waren unscharf. Sie wischte sich darüber, bis sie zu tränen anfingen, doch es wurde auch dadurch nicht besser.

„Sie waren kurz eingenickt", sagte er lächelnd.

Emma schaute in die Runde. Links, hinter dem Galeristen, glaubte sie, einen Paravent zu erkennen, der neugierige Blicke abschirmen sollte. Vor ihrem Bett sah sie einen Tisch mit zwei Stühlen, rechts wieder einen Paravent. Lag sie in einem Krankenhaus? Was war passiert?

„Sie hatten einen Unfall, Fräulein Emma", hörte sie ihn reden, „aber das wissen Sie ja."

Was für einen Unfall? Sie wusste nichts davon.

Bald aber fiel ihr wieder der Ausflug ein, auch, dass sie mit ihm an der Ruine des Herrenhauses einen schönen Nachmittag erlebt hatte. Sie tranken Kaffee und aßen leckeren Kuchen, den er selbst gebacken und mitgebracht hatte, weil immer mal wieder Leute auftauchten, denen er seine Backkünste präsentieren konnte. Danach musste sie wieder losgefahren sein. Also war es ein Autounfall?

„Soll ich den Arzt holen?"

„Wo ist Noah?"

Sie sah, wie er mit einem Mal erstaunt schaute, als wäre er jetzt derjenige, der verwirrt schien und nicht wusste, was los war. Was hatte sie denn Komisches gesagt?

„Ihr Freund saß doch bis eben noch an Ihrem Bett, Fräulein Emma. Er ist nur kurz zur Parkuhr gegangen." Er merkte, dass sie von all dem nichts zu wissen schien. „Die Schwester kommt auch gleich wieder, nehmen Sie lieber schnell Ihre Tablette, Fräulein Emma. Sie hat vorhin schon geschimpft und gefragt, ob Sie etwas Besseres wären, weil Sie immer eine extra Aufforderung bräuchten."

Emma konnte sich weder daran erinnern, eine Schwester gesehen, geschweige denn, mit ihr gesprochen zu haben.

Der Galerist stand auf, fasste ganz behutsam unter ihren Hinterkopf und hielt ihr das kleine Schälchen mit der grünen Tablette vor den Mund. Sie schluckte das Ding ergeben und trank anschließend etwas von dem Tee, der sich in einer Schnabeltasse befand. Oh mein Gott, eine Schnabeltasse. Wie bei einer alten Frau …

Der Tee schmeckte bitter und sie verzog angewidert das Gesicht. Der Galerist musste lachen.

„Vielleicht bringe ich Ihnen beim nächsten Mal süßen mit, Fräulein Emma. Oder Ihr Freund macht das."

„Beim nächsten Mal? Wie lange liege ich denn schon hier? Welcher Tag ist heute? Und warum sind Sie da?"

„Heute ist Sonntag", antwortete der Galerist mit einem merkwürdigen Unterton, als hätte er es schon mehrmals wiederholt. „Wir trafen uns gestern Nachmittag an der alten Ruine des Herrenhauses und hatten einen wunderschönen Nachmittag." Er stutzte einen Augenblick. „Also, ich hatte einen wunderschönen. Ich hoffe, Sie auch?"

Er schaute sie an und erwartete wohl eine Reaktion, also nickte sie leicht.

„Meine Vermieterin, die ich schon jahrzehntelang kenne und mit der ich sehr freundschaftlich verkehre, hatte vor Wochen einen Unfall. Sie stürzte von der Leiter, als sie die Fenster putzte.

Sie müssen wissen, Fräulein Emma, die alte Dame ist sehr rüstig und lässt sich von keinem helfen, obwohl sie sich das bestimmt leisten könnte. Egal", meinte er und machte dabei eine beschwichtigende Handbewegung. „Sie hat sich den Oberschenkelhals gebrochen. Das soll etwas ganz Typisches sein, wenn ältere Leute fallen. Jedenfalls habe ich sie vorhin besucht und dabei Ihren Freund auf dem Gang getroffen. Er wollte gerade zu Ihnen."

Der Galerist stand auf, ging zu ihrem Nachtisch und reichte Emma den Tee.

Eigentlich hatte sie nicht vor, das widerliche Zeug noch einmal zu trinken, da er sich aber so rührend um sie bemühte, schluckte sie ihn ergeben, bis die Tasse leer war.

„Danke schön." Emma lächelte ihn sogar etwas an. „Entschuldigen Sie, ich weiß gar nicht mehr, wie

Sie heißen", stammelte sie, wegen ihrer Vergesslichkeit peinlich berührt.

„Sebastian Büttner." Er deutete eine kurze Verbeugung an, und daran konnte sie sich wieder erinnern, die hatte sie schon bei ihm gesehen, doch da redete er bereits weiter.

„Ihr Freund erzählte mir, was passiert ist und er meinte, wenn ich wollte, könnte ich gern vorbeikommen und Ihnen, Fräulein Emma, einfach mal guten Tag sagen." Er lächelte verschmitzt. „Und das habe ich gemacht. Jetzt hole ich Ihnen etwas zu trinken."

„Gibt es auch etwas anderes? Nicht nur dieses bittere Zeug?"

„Vielleicht stand er nur zu lange an Ihrem Bett, Fräulein Emma. Tee hat es ja so an sich, mit der Zeit bitter zu werden, gerade, wenn Kräuter drin sind. Ich schaue mal, die werden sicher auch Wasser haben. Wenn ich den Arzt treffe, soll ich ihn vorbeischicken?"

Emma nickte. Obwohl es ihr schwerfiel, schaute sie ihm hinterher. Immer wieder wischte sie sich über die Augen, doch es wurde nicht besser, alles schien so verschwommen.

Sie hatte einen Unfall. War sie schwer verletzt? Was war passiert?

Sie drehte den Kopf und sah die gegenüberliegende Wand, zumindest ein Stück davon über dem

Tisch und den Stühlen. Auch nicht ganz klar, denn ihre Augen tränten wieder, oder immer noch.

Hier hätte man auch mal renovieren sollen, war ihr erster Gedanke. Die ehemals weiße, vielleicht auch cremeweiße Wand, wies überall Flecke auf. Uringelbe, beige-braune, moddergrüne und auch schwarze Streifen waren zu sehen.

Etwa Schimmelflecke? In einem Krankenhaus? Vollkommen unmöglich. Das musste Kunst sein. Ihr Blick ging nach oben an die Decke. Wow, die war aber gut gelungen.

Über ihr ein strahlend blauer Himmel mit ein paar weißen Wölkchen. Wie realistisch, was für ein großartiger Künstler war hier zu Werke gegangen? Es musste eine gute Klinik sein, wenn sie sich so etwas leisten konnte.

Doch da fielen ihr bereits die Augen zu und nur wenige Augenblicke später atmete sie langsam und ruhig. Sie war wieder eingeschlafen …

Warum hatte der Wecker nicht geklingelt? Welcher Tag war heute? Doch dann erinnerte sich Emma wieder, sie hatte einen Unfall und lag im Krankenhaus.

Warum war Noah nicht noch einmal zu ihr gekommen? Hatte der Galerist nicht gesagt, dass er nur kurz zur Parkuhr wäre? Und sollte nicht ein Arzt vorbeischauen?

„Ach, Fräulein Emma, habe ich Sie etwa geweckt? Entschuldigen Sie bitte vielmals", unterbrach Büttner sie in ihren Gedanken und lächelte sie freundlich an. „Ich möchte mich verabschieden. Also, gute Besserung."

„Wollte Noah nicht vorbeikommen? Und ein Arzt?"

Sie stützte sich auf die Arme, doch das war ziemlich anstrengend. Sie fühlte sich so schlapp, um Himmels willen, was war nur los mit ihr?

Der Galerist sagte nichts, schaute sie nur lange nachdenklich an. Dann erst lächelte er wieder, kam die zwei Schritte auf sie zu und tätschelte ihren Arm.

„Ihr Freund müsste gleich zurück sein und der Arzt war doch eben erst hier."

„Ein Arzt war hier? Wann?"

„Na eben gerade."

„Und Noah?"

„Ihr Freund ist nur kurz zur Parkuhr."

In ihrem Kopf schwirrte es. Sie hatte geglaubt, lange geschlafen zu haben, aber scheinbar war sie nur für Sekunden eingenickt. Der Galerist griff wieder den Stuhl und zog ihn bis an ihr Bett heran. Er reichte ihr die Schnabeltasse.

Diesmal konnte sie die sogar allein halten und trank anfangs nur einen kleinen Schluck zur Probe.

Aber sie hatte Durst und leerte sie danach mit einem Zug.

Der Tee war noch heiß und schmeckte auch nicht so bitter, allerdings war er kräftig gesüßt. Wahrscheinlich verdeckte der Zucker den üblen Geschmack.

Der Galerist stellte die Tasse zurück auf den Nachttisch. Dabei erfuhr sie, dass sie unter einer Amnesie leiden würde, aber die wäre nicht schlimm, würde wieder vergehen. Nur jetzt am Anfang könnte es passieren, dass sie alles vergessen würde.

Doch schon schlief sie wieder …

◆◆◆◆◆

14. Kapitel

Träume

Emma wachte auf und brauchte eine Weile, um sich zu orientieren. Ihr Blick fiel erst auf sich, auf die weiße Bettdecke und wanderte dann zu der Wand gegenüber.

Die war immer noch fleckig, und egal, wie groß oder berühmt der Maler auch sein mochte, ihr gefiel sie immer noch nicht. Nein, sie fand sie sogar richtig hässlich.

Im Kopf war ihr düselig, ihre Gedanken benötigten scheinbar Stunden, um sich zu formen und dann auch wirklich in ihr Bewusstsein zu dringen.

Da sie die Beine immer noch nicht spürte, unternahm sie den Versuch, die Bettdecke mit den Händen wegzuschlagen, doch sie konnte die nur in Zeitlupe bewegen. Es schien fast so, als wäre alle Kraft aus ihrem Körper gewichen.

Langsam drehte sie den Kopf, sah auf dem Nachtisch die Schnabeltasse stehen, und obwohl sie in dem Moment großen Durst verspürte, konnte sie die nicht greifen, weil ihr der Arm den Dienst versagte.

Manchmal war da plötzlich eine Hand, die ihren Kopf hochhielt und ihr die Tasse an den Mund führte. Dann brauchte sie nur noch zu schlucken, doch heute half ihr keiner.

Kurz hinter dem Tischchen stand der Paravent, aber es drangen von dort keinerlei Geräusche bis an ihr Ohr. Nun drehte sie fast zeitlupenartig den Kopf zur anderen Seite, aber es war das Gleiche und auch von da hörte sie nichts.

Befand sie sich allein in dem Zimmer? Warum wurden dann die Paravents als Sichtschutz aufgestellt?

Sie lauschte angestrengt, doch selbst von draußen waren weder Stimmen noch Schritte zu vernehmen, wobei sie nicht einmal wusste, ob sich die Tür des Zimmers links oder rechts von ihr befand.

Dennoch herrschte nicht ausschließlich Stille, weil es von überall her zwitscherte und tirilierte. Scheinbar wurden sie mit Vogelstimmen beschallt, was sicher zur Beruhigung der Patienten beitragen und ihnen vorgaukeln sollte, alles wäre gut.

Es schien zu klappen, denn Emma fielen bereits wieder die Augen zu …

Nur wenige Male hatte sie klare Gedanken, meistens fühlte sie sich berauscht, als hätte sie zu viel Alkohol getrunken. Oft hörte sie Stimmen, männliche, doch sie konnte nicht einmal sagen, ob jemand mit ihr sprach oder es sich um Halluzinationen, um Hirngespinste handelte.

Vielleicht war es aber auch Noah. Sicher war er es. Oder ihr Vater. Ja, sie saßen bestimmt abwechselnd an ihrem Bett. Josy oder Cindy hatten höchstwahrscheinlich Diensthabende eingeteilt, sodass sich immer jemand in ihrer Nähe aufhielt und sich um sie kümmern konnte.

Ihre eigene körperliche Schwäche, die bleierne Müdigkeit oder das Berauschtsein waren vermutlich Gründe dafür, dass sich alle Stimmen so tief anhörten, als wären sie die von Männern.

Ihre bizarren Träume erschienen in Farben, die sie als psychedelisch eingeordnet hätte. Grell, bunt, flackernd und von schrillen Blitzen durchzogen.

Es musste mit dem Herrenhaus zu tun haben, mit der Ruine und dem Gefühl, welches sie dort verspürte. Das hatte wohl ihr Gedächtnis gespeichert, denn fast alle Träume drehten sich darum.

Einmal sah sie ein kleines Mädchen, vielleicht vier Jahre alt, mit blonden Zöpfen und in einem langen Kleid, das sehnsüchtig vor einer riesigen, sehr hohen Tür stand, dabei von einem Fuß auf den anderen trippelte. Gerade so, als wäre es aufgeregt, als würde sich gleich das Tor zum Paradies für sie öffnen.

Doch sie sah dem Kind nicht nur zu, sondern zeitweise schien sie es selbst zu sein. Sie fühlte regelrecht Vorfreude, auch Unruhe, bevor sie wieder zu der Tür schaute.

Jetzt begann eine behaarte Männerhand sie zu öffnen, sie beobachtete, wie die Klinke langsam, fast vorsichtig nach unten gedrückt wurde und dann beide Flügel nachgaben. Sie rannte hinein, oder das Mädchen, und schaute immer wieder nach rechts und links.

Was es da nicht alles zu bestaunen gab, sie juchzten förmlich vor Aufregung und Freude. Sie beide.

In einigen Räumen, die durch große Torbögen miteinander verbunden waren, lagen und standen überall Spielsachen.

Sie bewunderten Puppen, große und kleine, mit blonden, roten und schwarzen Haaren, Teddys, Affen, Nilpferde, einen ganzen Zoo mit Zäunen und Ställen, eine Puppenstube, Kreisel, Bälle, ein Reck zum Turnen, ein kleines und ein großes Schaukelpferd.

So liefen sie noch durch mehrere Zimmer und schauten sich um, aus ihrer Kehle kam ein freudiges Glucksen. Es war das Paradies, ihr Reich, alle

Schätze gehörten ihr und warteten darauf, beachtet und in die Hand genommen zu werden.

Ein anderes Mal sah sie sich an einem langen Tisch sitzend, obwohl es sich eher um eine festlich geschmückte Tafel handelte.

Eigentlich schien es wieder dieses Mädchen mit den langen blonden Haaren zu sein, die diesmal kunstvoll am Hinterkopf hochgesteckt waren, doch die Positionen und Konturen verschwammen immer mehr miteinander. Nur noch selten schaute sie von außen auf das Kind, meistens war sie es selbst.

Dieses Mädchen, oder besser gesagt, sie persönlich, war jetzt schon etwas älter. Ihr gegenüber saß ein Junge, der sie anlächelte und auch mal zuzwinkerte. Das war ihr großer Bruder, der auf sie aufpasste und sie beschützte, den sie über alles liebte und bewunderte.

Jemand sprach, hielt vielleicht eine Rede, und dann klirrten viele Gläser. Ein Diener füllte etwas von dem köstlich riechenden Essen auf ihren Teller, doch der Bruder gab ihr heimlich ein Zeichen.

Sie nahm das Glas und trank erst, als die Erwachsenen und auch ihr Bruder miteinander angestoßen hatten und sich zuprosteten.

Emma öffnete genau in diesem Moment die Augen einen winzig kleinen Spalt, aber sie sah statt des Glases nur weiße Plastik vor sich. Dann spürte sie auch schon den Hals der Schnabeltasse in ihrem

Mund und schmeckte den übersüßten, im Grunde aber ekelhaft bitteren Tee …

◆◆◆◆◆

15. Kapitel

Metallschienen

Sie wachte auf. Allmählich, vollkommen orientierungslos, noch benebelt und schlaftrunken. Am liebsten hätte sie sofort wieder die Augen geschlossen, denn sie war müde. So müde.

Um sie herum war alles nur dunkel, der Morgen graute noch nicht. Wahrscheinlich war sie mitten in der Nacht aufgewacht, aber wieso?

Da bemerkte sie ein Geräusch, es hörte sich an, als wenn eine Tür geöffnet wurde.

„Guten Morgen, gnädiges Fräulein. Wie haben Sie geschlafen? Es ist ein wunderschöner Tag heute."

Ein Mann sprach diese Worte und sie konnte es mehr erahnen als wirklich sehen, dass jemand hereinkam, die Tür schloss, einige Schritte ging und dann verharrte. Jetzt lief er wieder weiter.

Sie drehte den Kopf in seine Richtung und plötzlich blendete sie grelles Licht. Der Mann, sicherlich ein Pfleger, öffnete die schweren Vorhänge und augenblicklich war es taghell in dem Zimmer.

„Gnädiges Fräulein, wie haben Sie geschlafen?“, wiederholte er seine Frage, während er sich von den Fenstern abwandte und sich ihr näherte. „Möchten Sie heute Morgen noch nicht sprechen?“

Er war sicher einige Jahre älter als sie, groß, schlank gewachsen und lächelte ihr freundlich zu. Seine braunen Haare hatte er nach hinten gekämmt und mit Gel in Form gebracht.

Nun fiel ihr auf, dass er keine Krankenhauskleidung trug, nicht die typische weiße Hose mit einem Kasack in Weiß, Blau oder Grün. Es war eher eine Art Livree, obwohl sie so etwas nur aus dem Fernsehen kannte.

Zur schwarzen Hose kam ein weißes Hemd, darüber eine in Bordeaux und Gelb gestreifte Weste, die komplett geschlossen war. Und er hatte eine Fliege umgebunden, im gleichen Rot wie die Streifen seiner Weste. Was für eine ungewöhnliche Arbeitskleidung.

„Es wird heute ein schöner Tag, gnädiges Fräulein“, hörte sie ihn noch einmal sagen, als er direkt vor ihr stand.

Mit beiden Händen fasste er ihr unter die Arme und setzte sie aufrecht. Während er sie mit der einen Hand in dieser Position hielt, nahm er das dicke Kopfkissen und legte es ihr auf den Schoß. Dann bückte er sich und holte ein Gestell hoch, was eine Art hölzerne Rückenstütze mit einer dick gepolsterten Vorderseite war.

Er schüttelte ausgiebig das Kopfkissen auf und legte es ihr in den Rücken, damit sich die Stütze noch weicher anfühlte.

„Vielleicht lesen wir heute in einem neuen Buch, was meinen Sie, gnädiges Fräulein?“

Bisher hatte sie noch kein einziges Wort gesprochen und antwortete auch jetzt nicht. Nun sah sie, wie er zu einem Sekretär ging, der an der gegenüberliegenden Wand stand, und ihm ein Tablett entnahm. Darauf stellte er eine weiße, große Schüssel, die aussah, als wäre sie aus Keramik.

Er platzierte das spezielle Krankenhaustablett vor ihr aufs Bett und nun erkannte sie, dass links neben der Schüssel eine kleine Schale mit einem Stück Seife lag, rechts davon ein Waschlappen.

„Aber erst einmal machen wir Sie frisch, gnädiges Fräulein. Die Sonne soll sich doch bei Ihrem Anblick nicht über Sie ärgern müssen und dann womöglich wieder verschwinden.“

Er zeigte ihr, dass sie die Arme anheben sollte, was sie auch machte. Ganz selbstverständlich, willenlos und ergeben, wie fremdgesteuert.

Dann zog er ihr das Nachthemd über den Kopf und begann sie zu waschen. Erst das Gesicht, die

Ohren und den Hals, dann ihre Brüste und den Bauch. Er tat es einfühlsam.

„So, und nun halten wir mal die Arme noch weiter hoch, gnädiges Fräulein."

Sie tat alles, was er anordnete, ohne Widerstand.

„Sehr schön."

Mit dem weißen, exakt zusammengefalteten Handtuch, welches er auf dem Nachttisch bereitgelegt hatte, trocknete er sie ab. Dabei konnte sie einen Blick auf das Tuch werfen und entdeckte, es war nicht nur weiß, da eine Art Wappen kunstvoll mit goldenem Faden hineingewebt worden war.

Um den Buchstaben `F´ rankten sich Efeu und Rosenblüten, Getreideähren bildeten einen ovalen Rahmen. Sie erkannte, dass auch der Waschlappen damit verziert war und selbst die Seife, obwohl es dort nicht mehr so gut sichtbar war.

Danach stellte er das Tablett auf den Nachtschrank und warf sich das Handtuch über die Schulter. Er nahm ihre Bettdecke weg und legte sie nach hinten über das Fußteil.

Sie trug keinen Slip, aber wirklich beunruhigend war der Anblick ihrer Beine. Spindeldürr lagen sie da, jeweils eingefasst von einem metallenen Gestell, welches fest an den Knochen verschraubt schien.

Er richtete sie wieder ein Stück auf, entfernte die Stütze von ihrem Rücken und legte sie vorsichtig hin.

„Nun wollen wir auch mal das Kätzchen schön frisch machen, stimmts, gnädiges Fräulein?"

Und so wusch er ihr alles, aber sie dachte eigentlich nur noch an ihre Beine …

◆◆◆

Emma erwachte in einem anderen Zimmer. Hier war kein Künstler zu Werke gegangen, der seiner Kreativität mit hässlichen Farben Ausdruck verlieh, die merkwürdige Assoziationen erzeugten.

Zudem war auch die Decke unbemalt, und sie vermisste die wunderschöne, so natürliche Darstellung des Himmels.

Dieses Zimmer hatte hohe Wände, sehr hohe, solche wie die in den Altbauten der Stadt. Allerdings fiel eine reich verzierte Stuckkante auf, bestimmt sehr wertvoll, wenn es sich nicht nur um Styropor handelte. Doch, sicher war es das, nie und nimmer konnte sich ein Krankenhaus so etwas Teures leisten.

Die Paravents waren verschwunden, sie lag ganz allein in dem Zimmer in einem großen Bett mit reich verziertem Fußteil. Was das wohl kosten würde, oder zahlte es die Krankenkasse?

Neben ihr stand ein Nachtschrank, aber das war kein funktionaler Kasten, wie sonst in den Krankenzimmern üblich. Dieser bestand ebenso wie das Bett aus weiß gestrichenem Holz, mit abgerundeten Ecken und goldenen Verzierungen.

Schräg gegenüber, direkt vor dem Fenster, erblickte sie ein kleines Tischchen mit einem Stuhl davor. Wenn man dort saß, hatte man bestimmt einen schönen Blick nach draußen, was auch immer dort zu sehen war. Hoffentlich viel Grün und nicht nur ein Parkplatz.

Im Zimmer stand noch der Sekretär und etwas weiter rechts ein Schrank. Alle Möbel schienen zusammenzupassen und sie dachte nur, was für eine ungewöhnliche Einrichtung in einem Krankenhaus.

Aber vielleicht war sie gar nicht mehr in einer Klinik, vielleicht war das hier so etwas wie ein Sanatorium oder ein teures Reha-Zentrum. Warum aber hatte sie von dem Transport nichts mitbekommen? Und was war mit ihren Beinen?

◆◆◆

Sie schien jegliches Zeitgefühl verloren zu haben. Wenn sie aufwachte, wusste sie nie, ob sie Stunden oder gar Tage geschlafen hatte. Doch jedes Mal bemerkte sie, dass es auch Veränderungen in ihrem Zimmer gab.

Jetzt schienen Gardinen dazugekommen zu sein, zumindest waren die ihr vorher noch nicht aufgefallen.

Es kam immer der gleiche Pfleger, obwohl sie das auch nicht hätte mit Bestimmtheit sagen können, sie hatte das nur im Gefühl

Die Tabletten waren wohl abgesetzt worden, wofür oder wogegen sie die auch einnehmen musste, aber morgens und abends bekam sie jetzt diesen Tee. Doch mittlerweile schmeckte er ihr gut, so gut, dass sie viel mehr davon haben wollte. Danach fühlte sie sich nämlich sehr wohl, so leicht, fast schwebend, und alles um sie herum erschien in bunten Farben.

Vor allem ihre merkwürdigen Träume, die in einer fremden Zeit abliefen. Es kam ihr fast so vor, als würde sie einen Film sehen oder vielmehr eine Serie mit nicht enden wollenden Folgen. Das Merkwürdigste aber daran war, dass sie selbst die Hauptrolle spielte, zumindest fühlte es sich so an.

Wenn sie dann aufwachte, saß immer der Pfleger an ihrem Bett. War er es etwa, der diese Geschichten erzählte? Sie würde ihn fragen …

„Guten Morgen, gnädiges Fräulein, wie haben Sie geschlafen?“ Mit kräftigen Schritten durchquerte er das Zimmer, ging bis zu den Fenstern und schob die schweren Vorhänge zurück. „Es scheint fast so, als würde es ein schöner Tag werden. Oder was meinen Sie, gnädiges Fräulein?“ Dabei lächelte er sie mit strahlend weißen Zähnen an.

Sie war noch etwas müde und versuchte sich zu strecken, so gut das mit den Schienen ging.

„Das Zimmer, hat sich das verändert?“, fragte sie, da sie sich plötzlich gar nicht mehr so sicher war.

„Ja, gnädiges Fräulein, das ist Ihnen aufgefallen? Finden Sie es auch schön?“

Sie nickte.

„Und es wird noch viel schöner, das Zimmer, das Haus, einfach alles. Von Tag zu Tag, vielleicht sogar von Stunde zu Stunde.“

Sie hatte keine Ahnung, was das bedeutete, was er damit sagen wollte. Womöglich waren Handwerker im Haus, vielleicht Maler, oder draußen war eine Gartenbaufirma am Verschönern.

„Wie heißen Sie eigentlich?“, fragte sie, nachdem er ihr den Tee gereicht hatte, auf den sie schon so sehnsüchtig wartete.

Doch statt einer Antwort zog er sich den Stuhl an ihr Bett, fühlte ihren Puls und nickte. Sie schaute ihn interessiert an.

„Es ist alles in bester Ordnung mit Ihnen, gnädiges Fräulein. Ihr Herzschlag ist kräftig und exakt, genau wie der Sekundenzeiger einer Uhr."

Wieder lächelte er und nahm dann die leere Tasse entgegen.

„Wie soll ich Sie anreden?"

„Es ist nicht erwünscht, dass Sie mich siezen, das machen Sie nur unter ihresgleichen. Mich sollten Sie duzen, gnädiges Fräulein."

Unter ihresgleichen? Wen meinte er damit? Die anderen Patienten? Von denen hatte sie bis jetzt noch keinen zu Gesicht bekommen.

Doch langsam rückte das in den Hintergrund. Wärme, wohlige Wärme stieg in ihr auf, sie wurde beschwingt und wusste, gleich würde alles noch viel schöner werden, viel bunter und rosiger. Gleich würde sie schweben.

„Ich heiße Sebastian, Fräulein Esmeralda, und nun träumen Sie gut. Wo waren wir stehen geblieben? Ach richtig, bei Ihrem zehnten Geburtstag …

◆◆◆◆◆

16. Kapitel

Das Kätzchen

Die Zeit verging wie im Fluge oder sie blieb stehen.

Sie wusste schon lange nicht mehr, was richtig war, doch es spielte keine Rolle. Nachts schlief sie komplett durch, zumindest wachte sie nie auf, wenn die Vorhänge geschlossen waren.

Tagsüber verhielt es sich anders. Sie aß, trank, dachte nach und redete, wurde gewaschen, gedreht und döste zwischendurch ein. Oder sie schlief ununterbrochen. Das war dann die Zeit ihrer intensiven Träume. Doch waren es wirklich nur Spiele ihres Unterbewusstseins?

In ihrem Inneren zeichnete sich ein Konflikt ab. Sie war Emma Wessel, eine Grundschullehrerin, ihr Freund, den sie bald heiraten würde, hieß Noah, sie hatte eine glückliche Kindheit.

Doch all das verblasste immer mehr, rückte in den Hintergrund. So weit, dass sie sich fragte, ob sie es wirklich erlebt oder davon gehört, vielleicht nur darüber gelesen hatte.

Denn plötzlich gab es noch ein anderes Leben, eines, welches viel intensiver war, das in bunten Farben erstrahlte und der echte, der wahre Teil ihres Ichs zu sein schien. So echt, dass sie allmählich zu dieser anderen Person wurde …

„Sehen Sie sich doch nur diese Wand an, gnädiges Fräulein."

Sebastian war wieder in ihrem Zimmer erschienen. Vielleicht stand eine Behandlung an, das regelmäßige Drehen, damit sie sich nicht wund lag, die Reinigung ihres Körpers, oder er schaute einfach nur mal nach dem Rechten.

Als ihr Blick aber dorthin ging, wo seine Hand hinzeigte, bemerkte sie es auch. Die lange Seite des Zimmers war mittlerweile fast voller Bilder, sie sah Landschaften, Porträts, Tiere und bunte Vögel, die auf Gräsern saßen oder sich badeten.

„Nur eins fehlt noch, das große über dem Sekretär." Er schaute sie jetzt aufmerksam an und tätschelte sogar ihre Hand. „Dann haben wir es geschafft."

Sie zog die Hand weg und versuchte krampfhaft, den Sinn dieser Worte zu verstehen. Wenn er, oder irgendjemand anders, das letzte Bild aufgehängt hatte, was wäre dann geschafft? Die Dekoration oder die Renovierung abgeschlossen?

War der Vorgang so schwierig, so kompliziert, zog er sich aufgrund irgendwelcher Umstände in die Länge, dass man jetzt, ob des baldigen Endes, solch eine Erleichterung spürte?

Sebastian hob die Decke von ihren Beinen und legte sie über das Fußende des Bettes. Dann überprüfte er die Schrauben des Gestells, die tief in ihre Haut eindrangen und zog eine fester.

„Ja, nur noch ein oder zwei Umdrehungen. Ich habe es doch gewusst." Er lächelte sie strahlend an und legte die Decke zurück „Den Rest korrigiere ich nach Ihrer Reinigung, gnädiges Fräulein."

„Was haben wir dann geschafft?", fragte die junge Frau. Und warum gab es einen Zusammenhang zwischen dem Aufhängen von Bildern und der Heilung ihrer Beine?

„Das Zimmer, das Haus, eigentlich alles drumherum erneuern sich, gnädiges Fräulein, von ganz allein. Sie gaben den Anstoß, Sie entscheiden aber auch, wie schnell es geht."

Emma verstand nur `Bahnhof´. Sebastian war neben sie getreten und hielt jetzt ein Glas Wasser vor ihren Mund, welches er vorher aus der Karaffe gefüllt hatte. Darin schwammen wieder grüne Blätter sowie Zitronenscheiben und sie wusste, dass es köstlich schmecken würde. So wie immer, ganz fein nach süßen Blumen, mit einer herben Kräuternote, abgerundet durch die Säure der Früchte.

Und genau so war es. Jeder einzelne Schluck bereitete Genuss, sie konnte gar nicht genug davon bekommen und das Getränk kam auf ihrer Favoritenliste gleich nach dem Tee, den sie liebte und brauchte, nach dem sie sich mit jeder Faser ihres Körpers sehnte.

Das Wasser wirkte genauso. Kaum auf der Zunge angekommen, war es, als gäbe es unzählige kleine Explosionen, der Wirkung von Brausepulver gleich.

Im Hals spürte sie das Hinabgleiten wie bei kaum einem anderen Getränk, doch wenn es im Magen angekommen war, geschah das eigentliche Wunder. Innerhalb von wenigen Sekunden wurde ihr Bauch warm, so angenehm warm, dass sich dieses wohlige Gefühl im ganzen Körper ausbreitete. Doch nicht eben und gleichmäßig, sondern in pulsierenden Wellen.

In ihrem Kopf verspürte sie die größte Wirkung. Alles wurde mit einem Male so klar und deutlich, endlich wurde sie wieder zu sich selbst.

„Was schwatzt Er so herum wie ein Waschweib in der Gosse? Sieh Er zu, dass Er endlich die Reinigung vollführt. Wir fühlen uns schmutzig, ganz besonders da." Mit der Hand zeigte sie auf ihren Unterleib.

„Selbstverständlich, gnädiges Fräulein."

Sie hatte sich bereits aufrecht gesetzt und die Arme gehoben. Er zog ihr daraufhin sofort das edle Nachthemd aus und stellte ein Tablett in Höhe ihrer Oberschenkel ab. Nun holte er die Schüssel mit dem wohlduftenden Waschwasser vom Sekretär, die er bereits mit ins Zimmer gebracht hatte.

„Jetzt ist es schon eiskalt, du Nichtsnutz. Bring Er mir sofort neues, warmes Wasser."

„Jawohl, gnädiges Fräulein." Ergeben vollführte er eine kleine Verbeugung und wollte zur Schüssel greifen.

„Soll ich vielleicht erfrieren?"

„Natürlich nicht, gnädiges Fräulein."

Er entnahm dem Schrank eine wollende Decke und legte sie um ihre Schultern. Doch anstatt über ihr Benehmen verärgert zu sein, lächelte er permanent, als wäre er sehr zufrieden.

Und genau das war er auch, die Transformation schritt voran und bald wäre von der früheren Person nicht mehr vorhanden als der Hauch einer verblassten Erinnerung. Bald hätten die Drogen und seine Geschichten, die er erzählte, wenn sie in den tranceähnlichen Zuständen verweilte, ihre volle, endgültige Wirkung erzielt.

Doch jetzt musste er sich beeilen, kannte er doch ihre Wutausbrüche, die sicher schlimm, aber vorhersehbar waren und damit vermieden werden konnten.

Schnell brachte er eine neue Schüssel mit warmem, fast heißem Wasser, wieder wohlduftend und bereits leicht schäumend.

Nachdem er die Decke von ihrem Körper genommen hatte, tauschte er abwechselnd den weichen Schwamm und den flauschigen Lappen ins Wasser und wusch ihr gründlich den Oberkörper.

Er liebte es, ihre Brüste zu umkreisen, die Warzen sanft zu massieren, und ihr schien es auch zu gefallen, zumindest hielt sie die Augen dabei meistens geschlossen.

Manchmal entwich sogar ein leichtes Stöhnen ihrem Mund und sie versuchte, ihre Beine ein wenig zu spreizen, etwas auseinanderzunehmen, um den Weg zum Areal ihrer größten Lust freizumachen.

Sanft trocknete er sie ab, das Gesicht, den Hals, den Rücken und ihre Arme. Bei den Brüsten ließ er sich wieder mehr Zeit, das Ziehen in seinem Unterleib war so angenehm und verhieß für die Zukunft nur Gutes.

Ihre Augen waren geschlossen, ihr Atem ging schwer und am liebsten hätte er jetzt ihre Brustwarzen, die fest und aufrecht standen, in den Mund genommen. Er wollte sie saugen, ein bisschen beißen, doch hauptsächlich mit seiner Zunge an ihnen spielen.

Augenblicklich brach er ab. Seine Fantasievorstellungen hatten fast dazu geführt, dass er sich in die Hose ejakulierte. Sie hätte ihn wieder ausgelacht und aufgezogen, was für ein dummer und einfältiger Pinsel er doch sei, der seine animalischen Triebe nicht unter Kontrolle hat, wenn sie das mitbekam.

Stattdessen zog er ihr ein neues, frisch duftendes Nachthemd über, schob das Tablett mit der Schüssel auf den Nachtschrank und hob die Decke an.

„Oh, das Kätzchen hat sich verletzt, es blutet ein wenig", stellte er fest, als er auf ihren unbedeckten Schoß blickte.

„Das hatte ich ihm bereits gesagt", entgegnete sie, mittlerweile weniger streng, was immer ein Ergebnis dieser besonderen Waschungen, dieser Liebkosungen war.

„Das bringen wir schnell in Ordnung und das Kätzchen verarzten wir."

Er hob ihr Gesäß sanft an und legte einen Keil darunter. Ihr Becken, hauptsächlich das Geschlechtsteil, lag immer noch frei da.

Jetzt schob er einen Ständer jeweils rechts und links an das untere Ende des Bettes und legte ein Bein in die dafür vorgesehene längliche Schale. Mit einer Spange, die er über die Fußknöchel spannte und verschraubte, fixierte er sie.

Danach zog er sanft ihre Beine auseinander. Sie schaute ihm dabei zu, warf auch einen Blick auf ihren flaumig bewachsenen Unterleib. Ihre Pupillen waren geweitet, vielleicht immer noch, aber wahrscheinlich bereits aus Vorfreude auf das, was jetzt kommen würde und ihr den höchsten Genuss versprach.

Er stellte das Tablett mit der Schüssel auf ihren Bauch und sie versank bereits wieder in die Kissen. Sebastian nahm den Schwamm und strich damit leicht über die äußeren Schamlippen, dann, ganz langsam, drückte er sie sanft auseinander und schaute fest auf die Stelle der größten Wollust. Mittlerweile agierte er mit beiden Händen, eine, die wusch, die sanft kreiste, die andere, die alles etwas spreizte.

Als ihr Stöhnen zunahm, öffnete er seine Hose und legte sich den Waschlappen bereit. Lange konnte es nicht mehr dauern und als er zwei seiner Finger tief in sie hineinsteckte, explodierte er.

Sie hingegen stöhnte immer noch laut, es kam tief aus ihrem Inneren, hörte sich ursprünglich, etwas fremd, aber sehr erregend an.

Wie musste es erst sein, wenn er auf ihr liegen oder nein, viel besser, wenn sie auf ihm sitzen würde, er mit ihren großen, festen Warzen spielen könnte, während sie ihn ritt und dieses kehlige Stöhnen herauspresste.

Dann kam auch sie zu ihrer Explosion, in völliger Ekstase hatte sie einen letzten, lauten Schrei herausgestoßen.

Was nun folgte, war der zweitschönste Moment in seinem Leben, ihr Lächeln. Sie strahlte ihm dankbar entgegen.

Der Rest war Routine. Einen Tampon einführen, noch einmal mit dem Schwamm auch die letzten feuchten Reste ihrer Wollust entfernen, alles trocken tupfen, ihre Beine von den Ständern nehmen, die junge Frau auf den Stuhl heben, das Laken austauschen und sie danach in das frisch gemachte Bett zurücklegen.

Und bereits morgen würde es eine Wiederholung, eine befriedigende Fortsetzung geben …

◆◆◆◆◆

17. Kapitel

Rufe

Er hatte sich gesäubert. Obwohl er doch so vorsichtig vorgegangen war, so aufgepasst hatte, musste er einige Blutspritzer entfernen.

Am liebsten hätte er sich geduscht, doch das würde einige Zeit in Anspruch nehmen, die er nicht hatte. Er musste nach oben, in das Zimmer seines gnädigen Fräuleins, um nach ihr, der Begehrten, zu sehen, die in dem hübschen neuen Flügel ihr Domizil gefunden hatte, den der Vater speziell für sie anbauen ließ.

Als er die Stufen der wunderschön angelegten breiten Treppe hochstieg, blieb er auf dem Absatz in halber Höhe kurz stehen. Das hielt er immer so, er warf einen Blick aus dem Fenster, bewunderte die Aussicht, den Garten, schaute auch, ob alles in Ordnung war.

Man hatte einen wirklich weiten Blick, hinaus auf die Felder und die Wiese. Doch die veränderte sich gerade, mittlerweile waren die ersten Häuser entstanden, noch nicht fertig und ohne Dach, aber bald wäre auch das Dorf wieder komplett bebaut. Am liebsten würde er zuschauen, es drängte ihn jedoch nach oben.

Seine Eile war unnötig, vor allem die Sorge um ihren Zustand. Sie saß in ihrem Bett und stickte, dabei ganz fokussiert auf die Nadelführung und das Muster. Das Elixier, was er ihr immer verabreichte, war fabelhaft, erwies sich als Wundermittel, schnell schlief man ein, nicht für lange, und danach hatte man alles vergessen, was vordem geschehen war.

Er lächelte zufrieden.

„Wo war Er so lange und was ist das für ein Geschrei da unten?“ Sie hatte das Stickzeug auf dem Schoß abgelegt. „Sage Er der Dienerschaft, dass hier Ruhe zu herrschen hat.“

Sebastian lauschte angestrengt, doch er konnte nichts hören. Niemand schrie, wer sollte es auch tun? Sie waren allein und die beiden Frauen da unten, ihre Freundinnen, dazu bestimmt nicht in der Lage.

„Es ist vollkommen still, gnädiges Fräulein. Die Dienerschaft hält sich an Ihre Befehle.“

„Wahrscheinlich nicht. Ich höre sie doch.“

Früher, in ihrem ersten Leben, bezeichnete sie alle als Dienstboten, Mägde, Knechte und dergleichen. Selbst die Bewohner des Dorfes, die eigenständig arbeiteten und nur ihre Steuern dem Herrn, also ihrem Vater, zahlten, betitelte sie so. Hatte doch jeder uneingeschränkt zu dienen …

„Hier ruft jemand ständig nach Emma“, empörte sie sich erneut. „Was für ein schrecklicher Name.“

Erschrocken schaute Sebastian zur Wand, aber es hatte sich nichts verändert, alles war wie vorher, alle Bilder hingen auf ihrem Platz.

Ja, sie war es wirklich, stellte er fest, als er sie anschaute. Da sah er auch schon die gerade Falte, die sich von den Augen bis zur Stirn hochzog. Sie war wütend, richtig aufgebracht, und genau das zauberte ein kleines Lächeln in sein Gesicht.

„Lacht Er mich etwa aus? Untersteh Er sich. Haben wir eine Magd mit dem Namen? Oder läuft gar ein fremder Balg über unser Grundstück? Schau Er nach und sorge Er gefälligst für Ordnung. Hier hat Ruhe zu herrschen“, gab sie ihm noch mit auf den Weg, da er sich bereits umgedreht hatte und die ersten Schritte gelaufen war.

Er konnte wirklich nichts hören. Niemand rief oder schrie gar ihren Namen. Doch dann durchfuhr es ihn wie ein Blitz.

Es war der Tee mit seinen magischen Kräften. Na gut, dabei handelte es sich eigentlich um Drogen, mühsam aus Pflanzen gewonnen, von denen er aber glaubte, sie zu beherrschen. Wenn es ihm dadurch gelungen war, in ihren Kopf einzudringen, sie nur mithilfe seiner Gedanken zu formen, war es dann nicht auch anderen möglich?

Die beiden Frauen da unten, dachten sie vielleicht an ihre Freundin? Kehrten sie etwa den Prozess, den er so mühsam Schritt für Schritt aufgebaut hatte, gerade um?

Nein, das wohl nicht, denn oben im Bett saß eindeutig seine Herrin und bald würde sie es für immer sein, würde nie wieder das Bewusstsein wechseln. Gut, dass die Frauen nicht schon vor Tagen aufgetaucht waren …

◆◆◆

Cindy war aufgewacht und spürte den furchtbaren Schmerz. Irgendwo oder am ganzen Körper, sie konnte ihn anfangs gar nicht orten. Ihr linkes Auge ließ sich nicht mehr öffnen, im Mund schmeckte sie Blut und ihre Arme waren taub, gefühllos.

Als sie den Kopf hob, diese Bewegung verursachte unsägliche Schmerzen, sah sie, dass ihre Hände an einem der Ringe angebunden waren.

Aus den Handgelenken war Blut geflossen, langsam und mittlerweile zum Teil schon angetrocknet. Sie musste sich heftig gewehrt haben, die

Stricke an ihren Händen hatten tiefe Wunden hinterlassen.

Als sie ihren Kopf wieder gerade hatte, sah sie ihr merkwürdig verrenktes Bein, doch es war finster hier. Ihre Augen, bestimmt nur das eine, mussten sich erst einmal daran gewöhnen. Da vernahm sie ein klägliches Wimmern.

Josy, war ihr erster Gedanke, doch dann merkte sie, dass es aus ihrem eigenen Mund kam.

Wenig später, sie hatte sich wohl an die Dunkelheit gewöhnt, sah sie die Freundin am Boden liegen und rief leise ihren Namen, doch Josy bewegte sich nicht.

Tränen flossen ihr übers Gesicht, warum musste sie unbedingt hierher, wieso hatte sie so darauf bestanden? Josy war dagegen gewesen, von Anfang an, warum nur hatte sie nicht auf ihre Freundin gehört?

Cindy versuchte, sich zu erinnern. Sie waren zum Herrenhaus gefahren, doch das war keine Ruine. Sie selbst wollte unbedingt das Haus genauer sehen, und dann war da noch der Gärtner. Ein junger, etwas einfältiger Mann, der komisch sprach und Angst vor seinen `Herrschaften´ hatte.

Sie sah das Tablett vor sich, den Krug mit den vielen Eiswürfeln darin und wusste nur noch was von Sonnenstrahlen, die sich darin brachen. Ab dann nichts mehr.

Aber irgendwie waren sie doch hierhergekommen? Was war das überhaupt? Obwohl sie immer noch das Blut in ihrem Mund spürte, nahm sie einen modrigen Geruch wahr. Durch die Kleidung drang Kälte, feuchte Kälte.

Alles tat so weh, sie schluchzte und rief nach Josy, doch die meldete und rührte sich nicht. Überhaupt nicht. Sie wollte laut um Hilfe schreien, doch es kam nur ein klägliches Krächzen aus ihrem Mund.

„Bitte, bitte ist hier keiner? Wir brauchen Hilfe“, bettelte sie, immer leiser werdend. „Emma, bist du vielleicht da? Emma?“

◆◆◆

Während er die Treppe zum Keller runter stieg, lauschte er angestrengt. Nein, es war nichts zu hören.

Erst als es nur noch wenige Meter bis zur Folterkammer waren, vernahm er das Wimmern. Eine jammerte permanent, es hörte sich gequält an, fast wie das Jaulen eines fremdartigen Tieres.

„Was soll ich nur mit dir machen?“, sagte er leise, mehr zu sich selbst, als er bereits mitten im Raum stand.

Cindy schaute überrascht hoch. Bis jetzt hatte sie ihren Kopf hängen lassen, weil sie den Anblick ihrer verletzten Freundin einfach nicht mehr ertragen konnte, sie fühlte sich so unsagbar schuldig.

Sie hatte nichts gehört, hatte nicht bemerkt, dass jemand gekommen war. Jetzt atmete sie erleichtert aus, denn sie kannte ihn, der da plötzlich, wie von Geisterhand gelenkt, zwischen ihnen stand. Es war der Gärtner, der freundliche junge Mann, der sie hineinließ und ihnen sogar ein kaltes Getränk zubereitet und serviert hatte.

Er hatte scheinbar Glück gehabt, ihm war nichts zugestoßen. Oh, wie gut das war, jetzt konnte er ihnen helfen.

„Josy“, sagte sie, „Josy hat sich lange nicht mehr bewegt. Geht es ihr gut?“

Sebastian registrierte sofort, dass dic junge Frau keine Ahnung hatte, wer für ihren Schmerz verantwortlich war. Sie sah in ihm nicht den Schuldigen, doch das würde sich bald ändern.

Er ging die drei kleinen Schritte bis zu der am Boden Liegenden und stieß mit dem Fuß einige Male in deren Rücken.

„Du meinst die hier?“, fragte er und schaute sie dabei überheblich an, „die ist schon lange tot. Du wirst ihr folgen.“

Er drehte sich jetzt ganz zu ihr, führte eine Hand ans Kinn und tat so, als würde er nachdenken.

„Ich weiß nicht, was ich später mit euren verwesenden Körpern mache. Der Friedhof ist noch nicht fertig angelegt, vielleicht lasse ich euch einfach hier liegen." Er wackelte einige Male mit seinem Kopf, als würde diese Entscheidung wichtig sein, als gäbe es mehrere Möglichkeiten, die es zu bedenken galt.

„Ja, warum auch nicht. Hier kommt keiner her, bis auf ein paar Ratten vielleicht, die diese Leckerbissen sicher nicht verschmähen werden."

Langsam dämmerte es Cindy. Er war kein Retter, kein Helfer in der größten Not, nicht der freundliche, zuvorkommende Gärtner, als den er sich ausgab, er war das Böse. Er hatte sie hierher gebracht, er war es, der Josy die Peitsche quer übers Gesicht gezogen hatte,

Sie schrie aus Leibeskräften um Hilfe, doch aus ihrem Mund kam wieder nicht mehr als ein Krächzen. Er lachte. Er lachte sie aus und kam langsam auf sie zu. Dann kniete er sich hin, sodass sie ihm direkt in die Augen schauen musste.

„Und jetzt? Was willst du machen? Vielleicht mit mir kämpfen?"

Er lachte wieder, stand dann aber auf und ging zu dem Regal mit den vielen Gegenständen, die zu nichts anderem dienten, als Menschen zu quälen, ihnen unsägliche Schmerzen zuzufügen.

„Man sagt, dass der Mensch ein unglaubliches Geschöpf ist, ein wahres Wunder der Natur. Dass der Körper stets und ständig auf neue Situationen reagiert."

Er war wieder vor ihr und wartete, bis sich ihre Augen trafen. Und sah die Angst in dem einen, welches sie noch öffnen konnte.

„Wusstest du, dass die Sinne, also Schmecken, Hören, Sehen, Riechen und Fühlen, eine Summe ergeben? Fällt einer aus, springen die anderen dafür ein." Er lächelte sie an und holte hinter seinem Rücken einen langen, spitzen Metallstab hervor. „Es ist also nicht schlimm, wenn du nichts mehr sehen kannst."

Urplötzlich ergriff seine Hand ihr Kinn und hielt es fest. Sie wehrte sich, doch er kniete sich sofort auf sie. Cindy schrie, als er dabei an ihr merkwürdig verrenkte Bein stieß. Dann sah sie, wie er den Arm hob und der spitze Metallstab auf ihr Auge zukam.

Ihre Blase entleerte sich genau in dem Moment, als die Spitze den Augapfel zerplatzen ließ …

◆◆◆

„Wer war es?", fragte sie, „wer hat da gerufen?"

„Es war nur ein dummes Weib aus einer anderen Gegend. Es wird uns nicht mehr belästigen."

„Sehr gut." Unbeirrt stickte sie weiter.

Sebastian erkannte den Schatten an der Wand, jetzt würde es nicht mehr lange dauern und das große Bild sich zeigen, würde die Familie in den Mittelpunkt rücken.

Doch dieses Gemälde erweckte nur auf den ersten Blick, auf einen schnellen und oberflächlichen, den Anschein, als wären die vier glücklich. Vater, Mutter und Sohn stehen lächelnd auf der Treppe dieses stattlichen Herrenhauses, sie, die Tochter, ist auf dem Weg zu ihnen.

Nur wenn man näher hinschaute und sich dann vielleicht auch noch fragte, warum diese merkwürdige Konstellation gewählt worden war, dann erst kam man dem Grund näher, der Ursache für all das, was später geschehen sollte.

Viel näher, als manchem lieb sein dürfte …

◆◆◆◆◆

18. Kapitel

Verrat

Noah hielt es nicht mehr aus, sich allein in seiner Wohnung aufzuhalten. Die Nächte, die vielen Grübeleien an sich, hatten an seinen Nerven gezehrt, dann noch die haltlosen Verdächtigungen der Polizei, ganz zu schweigen von der anonymen Anzeige.

Bis jetzt waren die vier Freunde an seiner Seite, wann immer er mit ihnen reden wollte. Sie besuchten ihn fast täglich, das gab ihm Kraft. Doch nun?

Die Jungs waren auf Radtour, bei der er eigentlich dabei sein sollte, doch ihm stand nicht der Sinn danach. Und deren Frauen? Die gönnten sich ihr lang geplantes Verwöhnprogramm.

Noah ertappte sich immer wieder dabei, dass er aufgrund dieser Tatsachen wütend wurde. Wie konnten sie jetzt nur so tun, als wäre nichts passiert? Doch er selbst war es gewesen, der sie dazu gedrängt hatte, den Urlaub anzutreten …

Seine zukünftigen Schwiegereltern, wenn sie es überhaupt noch würden, hatte er lange nicht aufgesucht. Er verspürte ganz tief in seinem Inneren Angst, fürchterliche, zermürbende Angst. Was wäre, wenn sie die Beschuldigungen, die gegen ihn erhoben worden waren, glaubten, womöglich schon selbst welche gehegt hatten?

Jetzt, da ihm die Decke auf den Kopf fiel und er rehabilitiert war, hatte er sich auf den Weg zu ihnen gemacht. Kurz zögerte er, dann überwand er sich, drückte den Klingelknopf und wartete.

Meistens öffnete Emmas Vater die Tür, so auch heute. Ohne ein Wort zu sagen, nahm er ihn sofort in den Arm, erst danach zog er ihn in die Wohnung.

Seine Frau saß auf dem Sofa, in der Hand hielt sie ein zusammengeknülltes Taschentuch. Als sie ihn erblickte, sprang sie auf, schlang ebenfalls ihre Arme um ihn und weinte bitterlich.

Erst viele Minuten später hatten die drei sich wieder gesammelt und Noah berichtete nun von all den Vorkommnissen, die sich in den vergangenen Tagen ereignet hatten. Tage, oh mein Gott, sie kamen ihm vor wie Wochen.

Beide waren erschüttert über den Verdacht und erst recht wegen der Anzeige. Was war das für ein Mensch, der feige, ohne seinen Namen zu nennen, solche bösen Anschuldigungen gegen einen anderen erhob? Was war nur aus den Leuten, aus der ganzen Menschheit geworden?

Doch letztlich mussten auch sie erkennen, dass alles etwas Gutes hatte, denn nun wurde wenigstens die Polizei aktiv. Noah klärte sie auf, meinte, die würde schon dran sein, aber auch er hatte wenig Hoffnung, dass Emma gefunden wurde. Der Kriminalkommissar wäre jung, so verdammt jung, der konnte überhaupt noch keine beruflichen Erfahrungen gesammelt haben.

Emmas Mutter hingegen war anderer Meinung, sah darin die größte Chance. Sagte man nicht, neue Besen kehren gut? Vielleicht war der junge Kommissar noch nicht so abgestumpft, vielleicht hatte gerade er noch den nötigen Biss und gab nicht so schnell auf.

Ja, vielleicht. Aber womöglich klammerte sie sich nur an einen Strohhalm, den mit der Hoffnung, die zuletzt stirbt …

◆◆◆

Felix und Chris hatten sich Freitagmittag ordnungsgemäß angemeldet. Dazu gehörte auch, einen ärztlichen Check-up zu durchlaufen. Außerdem erhielten sie den Schlüssel für einen Safe in einem der Begleittransporter. In den konnten sie alle wichtigen Dokumente verstauen, die sie bei sich hatten, auch das Geld.

Obendrein verpasste man ihnen ein wasserfestes Tattoo, einen Strichcode, sowohl auf dem Arm als auch auf dem Oberschenkel.

Abends saßen sie mit den anderen Teilnehmern in einem großen Zelt, die organisatorischen Dinge wurden geklärt und anschließend nahmen alle gemeinsam das Abendbrot ein.

Ihre Handys behielten sie bei sich und beide schauten immer mal wieder auf die Displays, aber ihre Frauen hatten sich bis jetzt noch nicht gemeldet.

Wahrscheinlich genossen sie einfach nur ihren kleinen Urlaub, ihr Verwöhnprogramm in vollen Zügen. Felix unkte, dass die beiden bestimmt auf einer schönen Terrasse sitzen würden, mit super Ausblick auf einen Pool, Prosecco schlürfend und mit Gleichgesinnten über Gott und die Welt tratschend.

Sie gönnten es ihnen von Herzen. Seit ihre Freundin wie vom Erdboden verschwunden war, litten die beiden. Wenn sie gekonnt hätten, wären bestimmt schon das SEK, die CIA und alle Polizisten dieser Welt auf der Suche nach Emma, doch sie mussten erleben, dass sich anscheinend niemand ernsthaft für das Verschwinden der jungen Frau interessierte.

Die täglichen Anrufe waren eine Tortur für sie, immer ein Seiltanz zwischen Hoffnung, sie war nirgends aufgetaucht, und der Angst, sie könnte bereits in irgendeinem Leichenschauhaus liegen.

Wenn sie hätten wetten sollen, wäre all ihr Hab und Gut drauf gegangen. Nie und nimmer hielten sie es für möglich, dass die beiden Freundinnen wirklich aufbrechen würden, allein und ohne Emma.

Letztlich war es nur Noah zu verdanken, dass sie selbst wenigstens die paar Tage ausspannten, denn ob sie wirklich den Trip nach Afrika unternehmen würden, stand in den Sternen. Nein, sie bezweifelten es ernsthaft.

Ein paar Tage abschalten, okay, aber tausende Kilometer weit weg sein und das Leben feiern, Spaß haben, nein, danach stand wohl keinem der Sinn. Doch man würde sehen, noch war ja fast eine Woche Zeit bis dahin …

Selbst am Samstag kam kein Anruf und die Mädels reagierten auch nicht auf die zahlreichen Nachrichten, die sie geschrieben hatten.

Das war merkwürdig. Ging es ihnen so gut, dass sie alles andere vergaßen oder brauchten sie diesen Abstand? Diese Abstinenz, auch zu ihnen?

Am Sonntagmorgen zogen Felix und Chris die Konsequenzen. Sie meldeten sich ab und fuhren nach Hause. Beide hatten plötzlich Angst um ihre Frauen. Teilten Cindy und Josy bereits Emmas Schicksal?

◆◆◆

Allerdings mussten beide feststellen, dass sie gar nicht genau wussten, wo die Mädels sich diesmal verwöhnen lassen wollten. Noch auf der Heimfahrt riefen sie Noah an, wollten von ihm wissen, ob er sich das Hotel gemerkt hätte.

Doch genau wie Felix und Chris musste auch er ziemlich kleinlaut zugeben, dass er gar nicht zugehört hatte, als die jungen Frauen so euphorisch von ihrem zukünftigen Schönheitstrip sprachen.

Da er aber die Angst der beiden nachvollziehen konnte, die er nur zu gut kannte, verabschiedete er sich von seinen zukünftigen Schwiegereltern, bei denen er die ganze Zeit verbracht hatte, und fuhr nun ebenfalls nach Hause.

Irgendwo musste wenigstens eine der drei etwas liegengelassen haben, was auf ihren Aufenthaltsort hindeutete, vielleicht gab es auch eine Bestätigungsmail des Hotels oder wenigstens die Abbuchung vom Konto …

„Hast du was gefunden?", rief Felix bei Chris durch.

„Ja, und du solltest herkommen. Noah auch", war das Einzige, was er von sich gab, denn kurz danach hatte er aufgelegt.

Die beiden trafen fast zeitgleich bei Chris ein. Der hatte ihnen zwar die Tür geöffnet, doch nichts weiter gesagt, sondern war einfach zurück ins Wohnzimmer gegangen. Die beiden folgten ihm und sahen, wie er mit der Hand auf den Tisch zeigte.

Dort lagen einige zerknüllte Zettel, die er halbwegs glattzustreichen versucht hatte. Es sah aus, als hätte er sie aus dem Papierkorb gefischt.

Genauso war es auch. Auf dem einen Blatt, welches aber nicht mehr ganz vollständig war, stand so etwas wie eine Instruktionsanweisung, schnell hingekritzelt, so als hätte sich Cindy Notizen gemacht.

Dann lagen da noch drei weitere Schmierzettel, eindeutig die Versuche, eine Anzeige zu formulieren. Einer davon, wahrscheinlich der letzte, enthielt genau die Fakten, die Noah von dem Kriminalkommissar vorgehalten worden waren.

„Cindy hat ihn angeschissen?", fragte Felix vollkommen konsterniert. „Sie ist die Denunziantin?"

Doch Chris konnte nur nicken.

„Warum hat sie so gelogen?" Noah hielt immer noch die Seite in der Hand. „Emma und ich, wir …

wir haben uns doch gar nicht gestritten und ich bin auch nicht handgreiflich geworden.“ Er ließ enttäuscht den Arm sinken. „Bin ich noch nie“, fügte er resigniert hinzu.

„Hast du auch die Mail an die Polizei gefunden?“, hakte Felix nach. „Mann, das ist echt der Hammer. Und wir machen uns einen Kopf wegen der beiden.“

„Es ist nur meine Freundin, Josy hat damit nichts zu tun.“

„Das glaubst du doch selbst nicht. Die hängen immer wie Pech und Schwefel zusammen und Josy hat garantiert davon gewusst.“

„Bist du dir sicher?“, fragte Noah jetzt. „Hast du nun die Mail gefunden?“

Statt einer Antwort hielt Chris nur das unvollständige Stück Papier hoch. „Das hier ist der Weg ins Darknet, zumindest ein Teil davon.“

„Wie bitte?“, kam es zeitgleich von beiden.

„Wir waren uns doch einig, oder?“ Felix schaute jetzt abwechselnd zu Chris und Noah. „Wir sind die Computerexperten und unsere Frauen dürfen chatten, shoppen und solch einen Kram machen. Habt ihr euch dran gehalten? Wir waren uns einig, Darknet ist tabu für sie.“

Beide nickten. Für eine Weile herrschte Ruhe, nur die Zettel gingen immer wieder reihum.

„Unsere Frauen beherrschen also den Computer, oder besser gesagt, das Internet und seinen dunklen Bruder, ohne dass wir etwas davon mitbekommen haben."

Wieder war es Felix, der alles zusammenfasste, die anderen beiden hörten nur zu und bestätigten es gelegentlich.

„Eine von ihnen verschwindet und die anderen beiden machen deren Mann dafür verantwortlich. Als ihn die Polizei in die Mangel nimmt, nehmen sie es einfach hin."

„Ja, aber es geht noch weiter, viel weiter." Chris stöhnte laut auf. „Als die Polizei den Mann", jetzt zeigte er auf Noah, „unseren Freund, wieder von der Angel lässt, verschwinden urplötzlich auch diese beiden, genauso wie die Erste. Spurlos. Und jetzt rate mal, wann Polizisten bei uns klingeln. Wann kommen sie, um uns abzuführen, genau wie Noah vorher. Wahrscheinlich liegt gegen uns auch schon längst eine Anzeige vor."

Er ging zu der kleinen Bar und holte eine ungeöffnete Flasche Whisky heraus. Die stellte er auf den Tisch und suchte anschließend im Schrank nach den passenden Gläsern.

„Was haben wir denen denn getan?" Er hatte bereits ein Glas gefüllt, hielt nun aber inne. „Ich wollte Cindy heiraten, eine Familie mit ihr gründen. Ihr doch auch, oder?" Er stutzte einen kleinen Moment.

„Ihr mit euren Frauen, logisch." Jetzt goss er auch die anderen beiden Gläser voll, stellte die Flasche ab und reichte Felix wie auch Noah eins. Dann erhob er seins, prostete ihnen zu und trank es auf ex.

„Kann es nicht auch eine andere Erklärung geben?"

Beide starrten Noah an. Er war es doch, der verraten und verkauft worden war, wie konnte er jetzt die Frauen in Schutz nehmen wollen?

„Wir hören dir gern zu." Chris füllte erneut die Gläser. „Vielleicht findest du zuerst eine Erklärung für das da." Er wedelte mit den Entwürfen für die anonyme Anzeige. „Und wo du schon mal dabei bist, verrate uns doch auch, weshalb unsere Frauen durchs kriminelle Darknet spazieren, ohne Skrupel, vor allem, ohne uns zu informieren, dass sie es können."

◆◆◆◆◆

19. Kapitel

Der Galerist

Am Montagmorgen gegen elf klingelte Noahs Telefon. Es war die Polizei und wie immer lief ihm ein kalter Schauer über den Rücken.

Der Kriminalkommissar wollte von ihm wissen, ob er Zeit hätte, deutete aber gleichzeitig an, dass er von seinem Urlaub wüsste.

Noah hatte leichte Schwierigkeiten, die Frage sofort zu beantworten. Als er auf den Tisch schaute, sah er zwei geleerte und eine halb volle Flasche. Sie hatten abends wirklich zugeschlagen …

Er trug immer noch die Sachen von gestern, lediglich seine Schuhe standen vor der Couch, auf der er wohl eingeschlafen war. Sein Kopf hämmerte und der Polizist wartete immer noch auf seine Antwort.

Chris und Felix machten sich bemerkbar, sie kamen aus dem Schlafzimmer, einer in Unterhose, der andere nackt, und sie wollten wissen, was passiert sei.

Noah musste wohl erstaunt geschaut haben, jedenfalls meinte Felix, sein Handy hätte schon ewig genervt.

Nun wollte der Kommissar wissen, ob das seine Freunde wären, worauf Noah es zwar bestätigte, aber nicht recht verstand, was ihn das anging. Stattdessen fragte er, vollkommen aus dem Zusammenhang heraus, ob die Polizei die Angehörigen anrufen würde, wenn sie eine Leiche gefunden haben.

Dadurch brachte er seinen Gesprächspartner aus dem Konzept, aber nur kurz, denn der erklärte nur wenig später, dass sie solche Nachrichten immer persönlich überbringen würden. Es könnte ja sein, dass die Hinterbliebenen psychologische Hilfe benötigten, dafür würden sie dann sorgen. Oder die Angehörigen gehörten zum Kreis der Verdächtigen für eine Straftat, dann kämen sie erst recht.

Da der Kriminalkommissar sich wieder gefangen hatte, forderte er nun, dass sie sich an der Galerie treffen müssten. Sie alle drei mit ihm zusammen, am besten gleich.

Ja, klar, war Noahs Antwort, aber dieses `gleich´ würde wohl etwas länger dauern. Also machten sie eine Zeit aus, die passte …

Kriminalkommissar Wink stand bereits wartend vor der Galerie, als sie mit einem Taxi vorgefahren kamen.

Alle drei waren immer noch verkatert, selbst der vierstöckige Espresso und die eiskalte Dusche konnten nichts dagegen ausrichten. Also schluckten sie obendrein noch Aspirin.

Da der Kommissar auf sie wartete, wollten Felix und Noah nicht vorher noch nach Hause fahren, um die Sachen zu wechseln. Chris öffnete ihnen bereitwillig die Türen seines Schrankes und so konnten sie sich wenigstens frische Oberteile aussuchen.

Nach der Begrüßung und Vorstellung wollte Wink sofort wissen, was es denn zu feiern gegeben hätte, ob dafür ein besonderer Grund vorliegen würde. Ihre Blicke deutete er richtig, sie waren erstaunt darüber, dass er davon wusste.

„Das war jetzt nicht besonders schwer herauszufinden und man braucht keine spezielle Ausbildung dafür, muss nur eins und eins zusammenzählen. Die Fahrt mit dem Taxi eben und ihre Fahnen, die Ihnen entweichen, deuten darauf hin."

„Eine Feier war es absolut nicht", erwiderte Chris, „eher so etwas wie das ganze Gegenteil."

Der Beamte schaute sie fragend an und die drei erkannten, dass er es genauer wissen wollte, scheinbar war die Galerie, vor der sie immer noch standen, erst einmal nicht so wichtig.

„Unsere Frauen sind jetzt auch weg." Felix konnte es immer noch nicht fassen.

„Wie bitte? Und da besaufen Sie sich, statt es uns zu melden? Warum haben Sie nicht sofort angerufen und eine Vermisstenanzeige aufgegeben?"

„Weil wir sie nicht vermissen", antwortete Chris ziemlich trocken. „Oder wie sehen Sie das? Ich meine, wenn Sie herausbekommen hätten, dass die drei schon lange geplant haben, uns zu verlassen?"

„Alle drei? Auch Emma?"

Noah nickte nur, seine Lippen hatte er fest aufeinander gepresst.

„Wie kommen Sie darauf?"

„Josy redete schon ewig davon, in den Süden zu ziehen, am besten nach Spanien. Emma wollte nach Schweden und seiner Freundin", dabei zeigte er auf Chris, „war es egal, Hauptsache weit weg von hier."

„Und jetzt glauben Sie, nur weil sie verschwunden sind, dass die drei ihre Zukunftspläne verwirklicht haben?"

„Ja, aber nicht nur einfach so, wenn schon – denn schon, dann mit einem richtigen Knall."

Kriminalkommissar Wink schaute Chris ungläubig an und es war offensichtlich, dass er nicht verstand, wovon der redete.

„Die Anzeige gegen Noah hat meine Freundin verfasst." Er sprach erst nach einer Pause weiter. „Liegt gegen uns beide", dabei deutete er mit der

Hand auf sich und Felix, „noch nichts vor? Haben wir unsere Frauen nicht gedemütigt, verprügelt oder gar vergewaltigt?“

„Fehlen denn Sachen?“

„Ja, zumindest alles, was wichtig ist. Klamotten, Papiere, Kreditkarten, Schminke und Schmuck.“

„Okay.“ Der Kommissar gab sich damit zufrieden und beendete das Thema. Wahrscheinlich sah er die Sache so wie die Jungs. „Dann mal zu der Galerie. Sie meinten“, jetzt sprach er Noah direkt an, „dass hier in einem Raum das Porträt der jungen Frau hängt, welche Ihrer Freundin so ähnelt. Richtig?“

„Ja, und auch das Bild vom Herrenhaus. Aber eigentlich sind es zwei Räume, durch ein Stück Wand voneinander getrennt.“

„Und den Galeristen beschrieben Sie mit Mitte fünfzig, braune, etwas längere Haare, vornehmes Auftreten. Können Sie das bestätigen?“

„Na ja, vornehm, ich weiß nicht“, zweifelte Chris. „Der war halt irgendwie schleimig, zumindest Emma gegenüber.“

„Ich habe Sie hergebeten, weil nichts davon stimmt.“ Er wartete kurz die Reaktion der Jungs ab, aber scheinbar brauchten seine Informationen heute etwas länger, wenn sie überhaupt bei ihnen ankamen.

„In den beiden Räumen befindet sich die Ausstellung einer dänischen Künstlerin, sehr grell, sehr bunt. Und die Galerie wird auch nicht nur von einem Mann geführt, sondern von einem Ehepaar."

Dann erklärte er ihnen, dass er bereits am Freitag hier war, um sich die Bilder anzuschauen und auch zu klären, ob es den Streit zwischen Emma und Noah auf offener Straße vor der Galerie wirklich gegeben hätte.

Dabei stieß er auf diese Unstimmigkeiten. Die Angestellten waren sich sicher, dass nichts anderes in den Räumen gehangen hatte, zumindest nicht während der letzten zwei Monate.

Da die beiden Galeristen ab Mittwoch an einer Auktion teilnahmen, war es ihm heute erst möglich, mit ihnen hier alles zu klären. Noah, und jetzt auch seine Freunde, könnten ihm zeigen, wie bei ihrem Besuch alles ausgesehen haben soll.

Als er sagte, dass seit zwei Monaten eine Dänin dort ausstellen würde und es nie andere Bilder gegeben hätte, reagierten alle drei sehr erstaunt.

Kriminalkommissar Wink hatte diese Reaktion mit Verwunderung beobachtet, doch jetzt bat er sie erst einmal, die Galerie zu betreten …

◆◆◆

Die drei Freunde teilten sich wieder ein Taxi, blieben auf der Fahrt allerdings still. Jeder war nur mit seinen Gedanken beschäftigt. Als sie vor Noahs Wohnung hielten, entschieden sie, kurzerhand gemeinsam auszusteigen.

„Ob der Kriminalkommissar uns geglaubt hat?“, fragte Felix, als sie sich mit einem kalten Wasser auf die Terrasse gesetzt hatten. „Der hat uns die ganze Zeit so komisch angesehen.“

„Ja, als hätten wir uns abgesprochen, eine verrückte Geschichte zu erzählen.“ Chris schüttelte den Kopf. „Was für ein Schwachsinn. Aber jetzt mal im Ernst, wir haben uns das doch nicht ausgesponnen, haben doch nicht geträumt, oder?“ Man merkte, dass er langsam selbst ins Zweifeln kam. „Der Galerist war ein anderer und die Bilder da heute habe ich vorher noch nie gesehen. Ihr etwa?“

Noah und Felix schüttelten verneinend den Kopf. Es war aber auch haarsträubend.

Sowohl die Angestellten als auch die Inhaber bestätigten unabhängig voneinander, dass da seit Monaten nichts anderes hängen würde. Außerdem hätte die Galerie am Wochenende geschlossen, zumal auch wieder eine Auktion stattfand, diesmal in Antwerpen.

Mit wem hatten sie an diesem Sonntag gesprochen, wer hatte sie in die Galerie geladen, wie konnte der die Bilder austauschen? Aber hauptsächlich geisterte eine andere Frage in ihren Köpfen: warum das Ganze?

Die verschiedensten Varianten wurden erörtert, aber keine ergab wirklich Sinn. Am skurrilsten war übrigens jene, in der ihre drei Frauen einen Schauspieler akquiriert und die echten Galeristen bestochen hatten. Doch auch hier blieb die Frage nach dem warum …

◆◆◆

Für Kriminalkommissar Wink ergab nichts einen Sinn, weder die Geschichte in der Galerie oder die überraschte Reaktion der jungen Männer, auch nicht deren Begründung für die anonyme Anzeige und noch weniger das Verschwinden der drei Freundinnen.

Nach Absprache mit seinem Vorgesetzten löste er eine Fahndung aus, nicht nur im eigenen Land, sondern international. Der Steckbrief der Frauen war jetzt auf jedem Rechner, noch galten sie als vermisst.

Außerdem forderte er von den entsprechenden Telefonanbietern eine Funkabfrage, für alle sechs Beteiligten und setzte auch das Kennzeichen von Cindys Auto auf die Fahndungsliste. Emmas stand ja bereits dort.

Mithilfe der jungen Männer wurde ein Phantombild des falschen Galeristen angefertigt, welches jetzt ebenfalls als Steckbrief vorlag, der aber nur national in Umlauf kam.

Mit den Fotos der Vermissten ging die Kripo massiv in die sozialen Medien, gab Pressehinweise aus und selbst das Fernsehen würde heute oder morgen in aktuellen Sendungen von dem Fall berichten.

Je nachdem, in welche Richtung die hoffentlich zahlreichen Hinweise zeigen würden, war bereits die Einrichtung einer Sonderkommission in Betracht gezogen worden …

◆◆◆◆◆

20. Kapitel

Die Verhaftung

Es dauerte nicht lange, schon trafen die ersten Hinweise aus der Bevölkerung ein. Jetzt war Gespür, vor allem aber Sachverstand gefragt, um die aussagekräftigen Tippgeber von denen zu unterscheiden, die sich nur interessant machen wollten, indem sie sich etwas zusammenreimten und spekulierten. Etliche der Kommentare dienten auch nur dazu, über die Polizei, die Überwachung und natürlich die Regierung zu meckern. Doch der beste Hinweis kam aus dem eigenen Revier.

Einer der Mieter des Komplexes, in dem auch die Wohnung von Noah und Emma lag, hatte eine Anzeige aufgegeben, notgedrungen, da die Wohnungsgesellschaft einfach nicht aktiv geworden war.

Prinzipiell hatte jeder Bewohner dort die Möglichkeit, ein oder auch zwei Parkplätze zu pachten, die sie notfalls dann auch beräumen lassen konnten.

Auf seinem Parkplatz stand nun schon ewig ein fremdes Auto. Erst dachte er, es wäre aus Versehen passiert, dass einer den verwechselt hätte. Aber scheinbar war es dort einfach abgestellt und nie wieder bewegt worden.

Der Beamte, der die Anzeige aufnahm, erkannte das Kennzeichen sofort und meldete den Vorgang weiter. Und nun stand Kriminalkommissar Wink neben dem Auto, er beobachtete die Spurensicherung und hatte auch Noah gebeten, nach unten zu kommen. Dort wartete er auf ihn, war hauptsächlich auf seine Reaktion gespannt.

Noah zeigte echte Überraschung, als er Emmas Auto erkannte. Sofort bombardierte er den Beamten mit Fragen, wo denn seine Freundin sei und warum ihr Auto hier stand. Aber eigentlich drehte er sich nur um die eigene Achse, er suchte ganz offensichtlich immer noch nach ihr.

Dann erfuhr er, dass das Fahrzeug bereits in der Nacht zu Sonntag abgestellt worden war, an dem Wochenende also, als er auf dem Seminar weilte und Emma verschwand.

Nun erwartete der Polizist von Noah, dass er eine einleuchtende Erklärung dafür abgab, weshalb er selbst das Auto nicht gesehen haben will. Doch der zuckte nur mit den Schultern und meinte, hier käme er nie vorbei, ihre Parkplätze wären doch genau vor ihrem Hauseingang. Die Straße würde auch nicht da lang führen.

Der Kommissar gab sich damit zufrieden, wollte aber wissen, ob es einen Zweitschlüssel geben würde. Noah war sich nicht sicher, gemeinsam gingen sie in die Wohnung, um nachzusehen. Da kam die nächste Überraschung.

Mitten am Schlüsselbrett hing Emmas Autoschlüssel …

Kriminalkommissar Wink wusste nicht mehr, was er von dem Fall halten sollte. War es überhaupt einer?

Vielleicht lagen die Freunde gar nicht so daneben, wenn sie behaupteten, ihre Freundinnen hätten sie verlassen. Und die Sache mit der Galerie? Ihre verrückte Idee, dass die Frauen einen Freund engagierten, der den Galeristen spielte und die echten eingeweiht wären, klang sehr aus der Luft gegriffen, wirklich verrückt. Es sprach absolut nichts dafür, alle Beteiligten der Galerie wirkten glaubwürdig. Aber wer weiß.

Weshalb die drei Weiber aber nicht einfach so das Weite suchten, sondern den bösen, vernichtenden Verdacht auf Noah lenkten, blieb ihm ein Geheimnis, welches er wahrscheinlich nie lüften würde.

Also warf er einen Blick in die Abteilung, die die Hinweise der Bevölkerung aufnahm und vorsortierte. Doch die Mitarbeiter schüttelten nur mit dem Kopf, es war also nichts Brauchbares dabei. Sein erster Fall, den er allein und eigenständig bearbeiten durfte, entwickelte sich mehr und mehr zum Fiasko. Oder zu einem Verwirrspiel …

◆◆◆

Es waren einige Tage vergangen, die aber keine neuen Erkenntnisse brachten. Zwar galten die drei Frauen als vermisst, doch es stand auch immer noch die Möglichkeit im Raum, dass sie freiwillig abgetaucht waren. Zumal deren Umfeld, also die Eltern, Freunde und sogar Arbeitskollegen bestätigten, dass sie schon davon gesprochen hatten, Deutschland mal verlassen zu wollen.

Die Spurensicherung hatte im Fahrzeug der Vermissten auch nur die Fingerabdrücke und DNA sichergestellt, die logisch erklärbar waren, also von Noah und Emma selbst stammten. Wink entschied daraufhin, bis es eventuell neue Hinweise gäbe, die Akte erst einmal zu schließen und sich einem anderen Fall zu widmen.

Doch gerade, als er seinen Vorgesetzten darüber informieren wollte, trudelten die ersten

Funkzellenabfragen ein. Es waren die von Noah, Emma und Felix, die alle bei dem gleichen Anbieter unter Vertrag standen.

Die des Freundes legte er erst einmal beiseite, wichtiger war ihm die von Emma, schließlich war sie die zuerst verschwundene Person.

Nach wenigen Minuten war sein Gedanke daran, die Akte zu schließen, verworfen. Im Gegenteil, er beantragte einen Haftbefehl …

Kriminalkommissar Wink hatte den Haftbefehl nicht bekommen. Der Richter fand, dass die Gründe dafür nicht ausreichend seien. Für ihn waren es lediglich Indizien, wenn überhaupt. Um zukünftig ein entsprechendes Papier zu erhalten, sollten sich die `Beweise´ nicht nur auf Vermutungen stützen. Er sei noch jung, das überhaupt sein erster Fall, aber mit so wenig Konkretem sollte er nie wieder an seine Tür klopfen.

Trotzdem ließ Wink den Verdächtigen abholen. Er hatte zumindest vierundzwanzig Stunden Zeit, ihn eindringlich zu befragen.

Noah fiel aus allen Wolken, als zwei Polizisten am Donnerstagmorgen sehr früh an seiner Tür klingelten und ihn aufforderten, ihnen zu folgen. Auf dem Revier wurde er in ein Verhörzimmer geführt, wo Kriminalkommissar Wink bereits auf ihn wartete.

Der hatte seinen Laptop vor sich und dazu einen dicken Ordner. Nach der etwas unterkühlten Begrüßung sollte Noah sich setzen. Ohne einführende, langatmige Worte begann der Beamte sofort, ihm Fragen zu stellen.

„Sie wollten keinen Anwalt. Bleiben Sie dabei?"

Noah nickte anfangs nur, doch Wink machte ihn darauf aufmerksam, dass er für die Aufnahme laut antworten müsste.

„Warum haben Sie verschwiegen, dass Ihre Freundin Sie in der Nacht zu Sonntag im Seminarhotel besuchte?"

„Sie hat was?" Noah schüttelte verstört den Kopf. „Davon weiß ich nichts. Sie war nicht da", sagte er und stutzte für einen Moment. „Jedenfalls nicht bei mir. Wie kommen Sie überhaupt darauf, so etwas zu behaupten?"

„Das war keine Behauptung, sondern ist eine Tatsache. Laut Funkzellenabfrage traf sie gegen 23.30 Uhr am Hotel ein."

„Aber nicht bei mir", konterte Noah trotzig.

„Nach einer halben Stunde brach der Funkverkehr ab", erklärte der Beamte weiter, „diesmal für immer. Was ist passiert?"

„Woher soll ich das wissen? Ich weiß von nichts." Da ihn der Kriminalkommissar aber einfach nur anschaute und nichts erwiderte, fuhr er fort. „Sie war nicht bei mir. Gibt's da keine Kameras, die das beweisen können?“

„Doch, aber Ihre Freundin ist nicht in das Hotel hineingegangen.“

„Ach. Ich bin auch nicht raus, das müssten Sie dann ja wohl gesehen haben.“

„Sie könnten den Hinterausgang benutzt haben.“

„Ach so? Und Emma nicht?“

„Sie war also bei Ihnen?“

„Nein, war sie nicht“, schrie Noah. Kriminalkommissar Wink rief ihn sofort zur Ordnung.

„Wann haben Sie bemerkt, dass der Autoschlüssel Ihrer Freundin am Haken hängt?“

„Gar nicht, erst mit Ihnen zusammen.“

„Sie sagten, und das lässt sich auch belegen, dass Sie bei der Ruine des Herrenhauses waren. Können Sie mir erklären, warum Sie dort hingefahren sind?“

„Weil wir beide eigentlich vorhatten, an dem Wochenende da mal vorbeizuschauen. Unter anderem, aber das habe ich doch schon tausendmal erklärt.“

„Die Frage war, warum Sie hingefahren sind.“

„Weil ich dachte, Emma könnte, da ich ja eigentlich noch beim Seminar war, allein dorthin aufgebrochen sein.“

„War sie es?“

„Keine Ahnung, Mann. Ich weiß es nicht." Seine Stimme wurde schon wieder lauter, sodass der Beamte ihm mit einem Handzeichen zu verstehen gab, er solle einen Gang runterschalten.

„Ich wollte schauen, ob sie dort ist oder ich ihren Wagen sehe, was weiß ich. Es war doch nur ein Strohhalm, den ich ergriffen habe."

„War er da? Der Wagen?"

„Nein, natürlich nicht."

„Richtig, da stand er ja bereits auf dem Parkplatz in der Nähe Ihres Aufganges."

„Das wusste ich nicht."

„Sie sprachen von einer Ruine. Könnten Sie die vielleicht mal näher beschreiben?"

Noah schaute den Mann, der ihm gegenübersaß und regelrecht anstarrte, entgeistert an. Was gab es da zu beschreiben?

„Da stehen die Reste eines Hauses, ein paar Mauern, es liegen Steine, Holz und Balken rum. Überall ist nur Dickicht, vom Zaun fehlen fast alle Teile, hat wohl jemand Schrott gesammelt, sonst ist da nichts."

Doch dem Beamten war nicht entgangen, dass Noah jetzt ganz anders sprach. Verheimlichte er etwas?

„Sind Sie hineingegangen?"

„Wo rein? Auf das Grundstück?", fragte er und sah, dass der Kommissar nickte.

„Ja, ein Stück."

„Warum nicht weiter? Ist Ihnen etwas aufgefallen?"

„Nichts", antwortete Noah. „Aber ich hatte das Gefühl, ich werde beobachtet, also nicht unbedingt von einem Menschen, den hätte ich sicher gesehen. Ich dachte, vielleicht nur Kameras, obwohl ich keine entdecken konnte."

„Und deshalb sind Sie nicht weiter rein?"

„Ja, ich hatte Angst, die Besitzer zeigen mich wegen unbefugten Betretens ihres Grundstückes an. Also bin ich nur mal an der einen Seite außen lang, aber da war nichts, zumindest keine Spur von Emma und ihrem Auto. Das war's dann auch schon, ich bin wieder abgehauen."

Kriminalkommissar Wink hatte plötzlich eine Idee. Vielleicht war es nur eine Eingebung, was auch immer, jedenfalls wollte er der jetzt erst einmal nachgehen. Also beendete er das Verhör ziemlich abrupt und Noah wurde wieder in seine Zelle geführt …

◆◆◆◆◆

21. Kapitel

Das Verhör

Emmas Eltern bekamen am späten Donnerstagvormittag einen Anruf. Kriminalkommissar Wink bat sie zu einem Gespräch, schon gegen eins, wenn es passen würde.

Selbstverständlich konnten sie es einrichten und glaubten, es gäbe wichtige Erkenntnisse, über die er nicht am Telefon reden wollte. Doch dann erfuhren sie, dass Noah am Morgen in Gewahrsam genommen wurde.

Die beiden fielen aus allen Wolken, waren erschüttert und beharrten darauf, dass Noah und Emma sich liebten, dass sie heiraten wollten und er nicht in der Lage sein würde, ihrer Tochter etwas anzutun. Doch das schien den Kommissar nicht zu beeindrucken.

Er sprach davon, dass die Erfahrung gezeigt hätte, die meisten Mörder würden ein ganz normales Leben führen, und fast ausnahmslos alle, die mit ihnen in Kontakt standen, so eine grausame Straftat nie für möglich gehalten hätten.

Er ging mit ihnen auch noch einmal das Gespräch mit ihrer Tochter am Freitagnachmittag durch, dem Tag, an dem sie Emma zum letzten Mal sahen.

Besonderen Wert legte er sowohl auf den Galeriebesuch als auch auf den falschen Galeristen, informierte sie, dass es diesbezüglich große Unstimmigkeiten zwischen den Aussagen der Freunde und den Inhabern gegeben hätte. Doch das wussten sie bereits von Noah, hatten aber auch keine Erklärung dafür, sie konnten nur das wiedergeben, was ihre Tochter ihnen berichtet hatte.

Je länger die Anhörung dauerte, desto erregter wurde Emmas Vater. Am Ende platzte ihm der Kragen, er stand auf und forderte vom Kommissar, die Verdächtigungen gegen Noah zu unterlassen und stattdessen endlich nach ihrer verschwundenen Tochter zu suchen.

Mitunter vergriff er sich leicht im Ton, aber ihm reichte es einfach. Er nahm seine Frau an die Hand, erklärte, dass sie jetzt gehen und für Noah einen Anwalt besorgen würden. Den hätte er dringend nötig, denn es war ja wohl offensichtlich, dass ihm hier etwas angehängt werden sollte. Ohne eine Verabschiedung wollten sie das Zimmer verlassen.

„Waren Sie eigentlich mal an der Ruine, bei dem Herrenhaus?“

Die Eltern blieben stehen, drehten sich um. In ihrem Gesicht spiegelte sich Unglauben wider.

„Warum sollten wir dahin?“, fragte auch schon der Vater.

„Danke, auf Wiedersehen“, antwortete der Beamte und hörte, wie diesmal die Mutter ein `hoffentlich nicht´ murmelte. Dann schloss sich hinter ihnen die Tür …

Kriminalkommissar Wink wartete noch, bis die Eheleute das Revier verlassen hatten und in ihr Auto gestiegen waren. Anschließend bestellte er Noah erneut zu sich.

„Sie haben erzählt, dass Sie statt des Herrenhauses eine Ruine vorgefunden haben, stimmt das?“

Noah rollte nur mit den Augen. Nicht schon wieder …

„Das deute ich als ja, ist das so?“

Noah betätigte es diesmal laut.

„Dann möchte ich Ihnen jetzt mal etwas vorspielen.“

Während er sein Handy aus der Tasche fingerte und die Aufnahme anwählte, erinnerte er sich punktgenau an die Erlebnisse der letzten Stunden.

Er dachte an den Moment, als er vor dem großen hohen Tor stand und durch die Metallstreben den jungen Gärtner sah, der beflissentlich Laub aufsammelte. Wie er sich ihm vorgestellt hatte und fragte, ob sie drinnen weiterreden könnten, er hätte zwei oder drei Fragen.

Daraufhin dessen erstauntes, wohl eher verzweifeltes Gesicht, indem er erklärte, sehr zögerlich, dass er keinen hereinlassen dürfte. Dann aber war er wohl zu der Erkenntnis gekommen, bei dem Polizisten eine Ausnahme machen zu müssen und lächelnd öffnete er das Tor. Fünf Schlüssel benötigte er und Wink fragte sich, warum so eine mehrfache Sicherung nötig war, was es hier zu holen gab.

Wink startete nun die Aufnahme und beobachtete währenddessen den Mann, der ihm gegenübersaß.

„Sagen Sie mir bitte, Sebastian, dieses Herrenhaus, wie lange steht es schon hier?"

„Oh, das weiß ich nicht", hörte Noah den anderen stottern. Wer war Sebastian?

„Wie lange arbeiten Sie denn schon hier?"

„Noch nicht lange."

„Ungefähr?"

Was Noah nicht sehen konnte, war, dass der Angesprochene jetzt seine Finger zu Hilfe nahm und zählte.

„Vier Wochen sind es jetzt, glaube ich. Aber da stand das Haus schon."

An der Stelle musste sich der Kommissar ein Lachen verkneifen und jetzt, als er die Aufnahme abspielte, erging es ihm ähnlich. Der Gärtner war zweifelsohne freundlich, aber auch sehr einfältig.

Er stoppte das Gerät, den Rest brauchte Noah nicht zu hören.

„Ich war also an dem Ort, von dem Sie behaupteten, dort wäre nichts. Nichts außer einer Ruine und Gestrüpp. Können Sie mir das vielleicht erklären?"

Noah verstand überhaupt nichts mehr, er schüttelte nur den Kopf. Daraufhin holte der Kommissar mehrere Fotos hervor, welche das Objekt, den Zaun und auch das große Tor zeigten.

„Das kenne ich nicht, da war ich noch nie, das habe ich nicht gesehen."

Noahs Erstaunen war echt, nein, das konnte er nicht gespielt haben.

„Als ich dort war, sah das alles so aus, wie ich es beschrieben habe. Eine Ruine, Dickicht und dann noch die Wiese. Die war aber weiter weg. Schauen Sie doch auf Google earth nach, genauso sieht es da aus."

Der Kommissar beobachtete Noah, der sich nervös auf dem Stuhl bewegte.

„Ich bin genau nach deren Plan gefahren und habe das da gesehen." Wink zeigte auf die Fotos. „Und wo waren Sie?"

„Ich war dort." Verzweifelt tippte Noah auf die Skizze, die der Beamte aus dem Netz gezogen hatte. „Ich schwöre, ich war genau da."

Als er von seiner Recherche zurück war, das Herrenhaus betreffend, hatte Wink vorgehabt, Noah richtig in die Mangel zu nehmen. Er wollte herausbekommen, wo der wirklich gewesen war, wo sie Emma, möglicherweise auch die anderen beiden Frauen, finden konnten. Aber warum sollte Noah solche Lügen verbreiten?

Sowohl die Befragung der Eltern als auch dieses Gespräch ließen ihn plötzlich zweifeln.

„Möchten Sie einen Kaffee?"

„Ja, gerne", antwortete Noah, nachdem er überrascht aufgeschaut hatte. Der junge Mann wirkte niedergeschlagen …

Wink hatte ihn in seine Zelle bringen lassen und dem Wachmann aufgetragen, ihm einen starken Kaffee, und wenn er wolle, auch etwas zu essen zu bringen. Anschließend aktivierte er sein Handy und hörte sich die Aufnahme bis zum Ende an.

„Wem gehört es denn? Wer hat Sie eingestellt?"

„Ein Mann."

„Haben Sie sich bei ihm beworben?"

„Nein, der hat mir alles gezeigt und erklärt."

„Und wem gehört es?"

„Herrschaften. Die sind verreist."

Anschließend wollte er noch wissen, ob es viele Schaulustige geben würde, Neugierige, die sich das Herrenhaus anschauen wollten, oder Leute, die sich vielleicht verfahren hätten. Aber der Gärtner schüttelte nur den Kopf. Er wäre der Erste, der in der Zeit, die er hier arbeitet, geklingelt hätte.

Danach hatte er das Gespräch beendet. Der Gärtner mochte in seinem Job gute Arbeit leisten, aber als Informant war er unbrauchbar. Erstaunlich, über wie wenig Bildung manche Menschen verfügten …

Er hatte sich auch einen Kaffee kommen lassen und als er daran nippte, dachte er über den Fall nach. Vielleicht war er auf einer ganz falschen Fährte?

Warum hatte er sich an dem Herrenhaus verbissen, war es etwa das Hotel? Wenn Emma dort aufgetaucht war, aber Noah sie wirklich nicht getroffen hatte, was war dann passiert?

Seine Zweifel wurden immer größer, vor allem, als er daran dachte, dass bisher gar nichts passiert war, selbst eine Leiche fehlte. Oder drei, wenn man die anderen beiden Frauen dazu rechnete.

Ihn ließen Noahs Blicke nicht los, als der überrascht die Bilder des Anwesens betrachtete und die überzeugten ihn. Der Mann, der nur wenig jünger war als er selbst, hatte es vorher noch nie gesehen.

Dann traf er eine Entscheidung und ließ Noah erneut holen …

Als der wieder ihm gegenübersaß, klopfte es an der Tür, die sofort geöffnet wurde. Es erschien der Anwalt, den die Eltern für Noah organisiert hatten.

Er stellte sich vor und kam sofort zur Sache, ignorierte auch, dass Kriminalkommissar Wink ihm einen Platz anbot.

„Sie verdächtigen meinen Mandanten also des Mordes. Darf ich fragen, wo Sie die Leiche abgelegt haben?"

Er machte eine kurze Pause, aber nicht, weil er eine Antwort erwartete.

„Liegt ein Verbrechen vor? Sie wissen es nicht, aber die Eltern seiner Freundin glauben fest daran, nur nicht, dass es dieser junge Mann begangen hat. Haben Sie irgendwelche Beweise?

So wie ich das sehe, sind es noch nicht einmal Indizien, auf die Sie sich stützen, höchstens Vermutungen. Wenn Sie also nichts vorweisen können, nehme ich jetzt meinen Mandanten mit."

So ähnlich hatte bereits der Richter reagiert, als der seinen Antrag auf einen Haftbefehl abschmettere. Heute Vormittag hätte er dem Anwalt noch Paroli geboten, doch mittlerweile war er der gleichen Meinung. Er hatte gerade vorgehabt, Noah aus der Untersuchungshaft zu entlassen.

Nachdem beide bereits den Raum verlassen hatten, kam der Anwalt noch einmal zurück.

„Wie ich sagte, es ist etwas passiert. Die Eltern der jungen Frau, der Vermissten, sind sich mehr als sicher, dass etwas ganz Schlimmes geschehen sein muss. Für den Freund ihrer Tochter legen sie aber die Hand ins Feuer."

Jetzt schloss er die offene Tür, hielt aber immer noch die Klinke in der Hand.

„Es ist Ihr erster eigenständiger Fall, Sie sind jung und motiviert, aber erlauben Sie mir als alten Hasen, Ihnen einen Tipp zu geben. Versteifen Sie sich nicht auf meinen Mandanten, bleiben Sie offen und ziehen Sie alles in Betracht, was infrage kommen könnte. Ansonsten bleibt der wahre Täter vielleicht für immer unbehelligt. Oder Sie können ihm nichts mehr nachweisen, weil er genügend Zeit hatte, alle Spuren zu vernichten. Viel Glück."

Jetzt verließ er endgültig das Zimmer. Wink schaute aus dem Fenster und beobachtete etwas später, wie die beiden sich die Hand gaben.

Noah wurde bereits erwartet, Emmas Eltern liefen auf ihn zu und umarmten ihn. Dann dankten sie dem Anwalt, zumindest deutete er ihren Händedruck so, doch als er sich abwenden wollte, geschah etwas Merkwürdiges.

Noah und Emmas Eltern standen vor ihrem Auto, da schien es eine knallharte Diskussion zu geben.

Sie waren sehr aufgeregt, der Vater schüttelte einige Male heftig den Kopf. Nun trat der Anwalt auf sie zu, vielleicht hatten sie ihn gerufen.

Schade, dass er nicht hören konnte, worüber sie sich unterhielten, aber scheinbar waren sie doch zu einem Konsens gekommen. Und nun schaute Wink erst recht überrascht.

Die Eltern gingen mit dem Anwalt zu dessen Auto, während Noah in ihres stieg. Was hatte er vor?

◆◆◆◆◆

22. Kapitel

Felix und Chris

Die beiden hatten von all dem nichts mitbekommen. Den Montag verbrachten sie zwar mit Noah gemeinsam, sie waren in der Galerie und anschließend auf dem Revier, um mit dem Zeichner das Phantombild des Galeristen zu erstellen, doch bereits am späten Nachmittag begab sich jeder zurück in seine eigene Wohnung.

Sowohl am Dienstag als auch am Mittwoch unternahmen beide eine Radtour, um wenigstens einige Kilometer zu strampeln und den Kopf freizubekommen. Schließlich hatten sie ja ursprünglich vor, in der gesamten Woche neue Streckenrekorde aufzustellen, da fühlte es sich richtig an, sich wenigstens an zwei Tagen zu verausgaben.

Noah wollte nicht mit, er blieb lieber zu Hause, um jederzeit einen Anruf entgegennehmen zu können. Überhaupt schien es, als wäre sämtliche

Energie seinem Körper entwichen. Sogar die Schultern ließ er hängen.

Ungeachtet dessen begrüßte er es, was die beiden vorhatten, und bestärkte sie sogar in ihrem Vorhaben.

Am Donnerstagmorgen klingelte Chris bei Felix durch und forderte, er solle sich anziehen. Sie würden einen Ausflug machen, nein, nicht mit dem Rad, und er solle sich beeilen. In zwanzig Minuten wäre Abfahrt. Doch er war bereits nach fünfzehn Minuten da und kam hoch in die Wohnung.

„Wo wollen wir denn hin?“, fragte ihn Felix, kaum dass er eingetreten war.

„Zur Ruine.“

„Wohin?“ Felix schaute fassungslos. „Kannst du mir das erst einmal erklären?“

Anfangs druckste Chris ein wenig herum, also bereiteten sie sich, entgegen ihrem Plan, erst mal einen Kaffee zu.

„Weißt du, ich bin dauernd hin- und hergerissen“, begann er nach einer Weile. „Auf der einen Seite ist da die riesige Kacke, was Cindy und ihre Intrigen betrifft. Du glaubst gar nicht, wie enttäuscht ich von ihr bin. Und verletzt, keine Ahnung, ich denke ununterbrochen daran, wie die mich verarscht hat.“

„Geht mir genauso.“ Felix nickte zu seinen Worten.

„Und dann, vielleicht nur eine Minute oder auch irgendwann später, dreht sich das Ganze. Dann habe ich Angst, richtig große, dass ihr was zugestoßen ist. So wie Emma."

Er schaute Felix an, der es wieder bestätigte.

„Das geht ständig hin und her, mal bin ich felsenfest davon überzeugt, dass ich Cindy verurteilen muss, kurz darauf glaube ich, dass sie meine Hilfe braucht. Ich schätze, ich werde noch verrückt."

„Okay. Und warum willst du zur Ruine?"

„Weil sie die Verbindung ist."

„He? Was für eine Verbindung?"

„Lass uns fahren, ich erkläre es dir im Auto."

„Befürchtest du etwa, dass ich dir den Ausflug ausrede, wenn ich es weiß?" Felix grinste seinen Freund an.

„Nun, dann fahre ich allein."

„Was ist mit Noah? Wollen wir ihn nicht mitnehmen?"

„Brauchen wir nicht, er war doch schon da."

Und so tranken sie den Rest des Kaffees, wuschen ihre Tassen ab und gingen zum Auto …

Als sie aus der Stadt auf einer ruhigen, wenig befahrenen Landstraße waren, begann Chris von ganz allein.

„Also die Ruine, das ehemalige Herrenhaus. Ich glaube, es ist der zentrale Punkt, die Verbindung."

„Das sagtest du bereits, und du wolltest es mir jetzt erklären. Ich sehe da nämlich echt keine Verbindung."

„Warte ab, Felix, warte nur ab."

Chris schaute mal kurz zu seinem Freund, dann nickte er, ob zu seinen Worten oder den Gedanken, die er gerade hatte, war nicht offensichtlich.

„Mit der Ruine hat alles begonnen."

„Na ja, eigentlich war es das Straßenfest, oder?", korrigierte Felix. Er grinste Chris an, sodass der wusste, er konnte weiterreden, sein Freund wollte ihn nur etwas aufziehen.

„Da magst du zwar recht haben, aber nur die Ruine taucht immer wieder auf, das Fest, die Feier oder Fete weniger", ging Chris trotzdem darauf ein. „In der Galerie zeigte uns der Typ, der sich als der Besitzer ausgab, das Bild des Herrenhauses und er erzählte auch darüber. Dass es jetzt verfallen wäre und so."

Felix nickte, daran konnte er sich gut erinnern.

„Danach kam das Geunke meiner ehemaligen Freundin über das Objekt, hauptsächlich um die Besitzverhältnisse. Sie stellte plötzlich in den Raum, dass Emma, aufgrund der Ähnlichkeit mit dem Porträt, eine Nachfahrin der Familie sein könnte, die einmal dort gelebt hat."

„Ja, und wir alle haben mitfantasiert, haben in Gedanken das Herrenhaus modernisiert und für uns zwei hübsche Häuser daneben gestellt."

„Fast", wandte Chris ein, „ihr habt ein Haus gebaut, wir nicht, wir haben nur einen Flügel bezogen. Egal. Dann wollten Noah und Emma dorthin fahren, kamen aber nicht dazu, weil er einen Platz im Seminar ergattert hatte."

„Oder sich unter den Nagel gerissen hat, wie deine ehemalige Freundin behauptete."

„Ja. Und nun wissen wir, dass Noah dort war, nachdem Emma verschwunden ist. Cindy hat deshalb einen Riesenterz gemacht."

„Ja." Mehr sagte Felix diesmal nicht dazu.

„Auf den Schmierzetteln meiner Ehemaligen ging sie genau darauf ein. Du hast sie gelesen, weißt du, was ich meine?"

„Ja, und soweit ist alles klar. Doch wie erklärst du es, wenn du sagst, die Ruine ist die Verbindung? Also, warum genau fahren wir da jetzt hin?"

„Weil genau diese bescheuerte Ruine der Punkt ist, um den sich alles zu drehen scheint. Meine zwei Szenarien, du erinnerst dich? In denen ich ständig kreise, die sich andauernd abwechseln, die mich zermürben?"

„Ja, und ich bestätigte dir, mir geht es genauso. Trotzdem verstehe ich nichts."

„Bei der Variante eins, und ich wäre echt froh, wenn es die wäre, haben die Weiber uns hinterfotzig angeschissen und obendrein noch denunziert. Was ist, wenn das mit dem Erben gar keine Spinnerei war, sondern die Realität?“

„Wie?“ Felix schüttelte den Kopf, offensichtlich konnte er seinem Freund nicht folgen. „Du wärst also froh, wenn sie dich angeschissen hätte?“

„Ja.“

„Und du denkst, dass unsere Frauen dort sind? Dass ihnen das Anwesen gehört und die jetzt, ja, was machen die jetzt? Schaffen die das Gestrüpp beiseite, sitzen die mit einem Architekten da und planen den Neubau, oder was wollen sie dort?“

„So wie du das jetzt sagst, hört sich das Ganze ziemlich bescheuert an“, stellte Chris nach einer Weile fest.

„Mein Reden.“

„Es geht mir darum, dass hier alles passt. Das Porträt, die Ähnlichkeit, das Gemälde des Herrenhauses. Aber es ist gefakt.

Diese `Ausstellung´ fand nie in der Galerie statt, der Typ ist auch kein Galerist und dann noch meine Ex, die sich aufregt, weil Noah einfach dahin gefahren ist. Was sollte das? Hätte er um Erlaubnis bitten müssen?“

„Okay. Hört sich für mich zwar immer noch konstruiert an, aber ich verstehe jetzt wenigstens, worauf du hinauswillst. Und wie ist das mit deiner Variante zwei?"

„Der Anfang ist der Gleiche, danach fährt Emma aber allein dorthin und kommt nicht wieder zurück. Und diesmal meine ich nicht, dass sie irgendwelches Laub zusammenharkt oder Pläne für den Aufbau schmiedet, sondern dass ihr genau dort etwas zugestoßen ist."

„Du vermutest, sie wurde getötet?"

„Ja." Chris schaute sehr ernst aus der Frontscheibe, hinaus auf die Fahrbahn, die recht leer war. „Unsere beiden Frauen sind auf der Suche nach ihr, stoßen bei ihren Nachforschungen genau wie ich auf die Ruine, fahren dorthin und kommen auch nicht zurück."

„Du denkst, sie sind auch tot?"

Doch diesmal zuckte Chris nur die Schultern.

„Wir fahren also jetzt hin, um ihre Leichen zu finden? Bist du irre?"

„Vielleicht, weiß nicht, ich meine, ich weiß nicht, was ich erwarte, da vorzufinden."

„Hoffentlich nichts, hoffentlich gar nichts …"

Danach unterhielten sie sich über andere, nahezu banalere Dinge, kamen aber des Öfteren erneut auf den Ernst der Lage zurück. Doch langsam näherten sie sich ihrem Ziel.

Chris hatte sich, wie Noah zuvor, das Objekt bei Google earth angeschaut und auch ausgedruckt. Das Blatt hielt jetzt Felix in den Händen, um Chris zu navigieren.

„Mist, das wäre die Ausfahrt gewesen, hier hättest du links abbiegen müssen."

„Kein Problem, ich drehe."

Felix schaute nach vorn und stellte fest, dass die Straße dazu viel zu schmal war und sich sowohl rechts als auch links tiefe Gräben zur Entwässerung befanden.

„Nee, lass mal, fahr einfach nur langsamer", sagte er, während er schon sein Handy bediente und sich die Karte aufrief. „Genau, fahr einfach weiter, wir nehmen die nächste und kommen dann von hinten rein. Das ist kaum ein Umweg."

„Alles klar, also die nächste Abfahrt links", bestätigte Chris, fuhr tatsächlich langsam, um die nicht auch noch zu verpassen. „Ich sehe sie, die da vorn, richtig?"

„Ja." Felix hatte nur kurz hochgeschaut, dann den Blick wieder aufs Display gerichtet. „Nach ungefähr einem Kilometer musst du wieder nach links."

Chris nickte nur, konzentrierte sich auf die Straße. Sie bogen ab und setzten mit leicht gedrosselter Geschwindigkeit die Fahrt fort.

„Bist du dir sicher? Das hier ist ein Feldweg. Oder kommt da noch eine Straße?“

„Nein, der ist schon richtig, nur zu.“ Felix bewegte seine Finger auf dem Display, zoomte die Ansicht ein wenig kleiner. „Als Nächstes kommt die große Wiese“, sagte er, nachdem er sich einen Überblick verschafft hatte.

„Noch vor oder erst hinter dem Dorf?“

„Welches Dorf?“

Sie waren langsam weitergefahren und Chris hatte Spaß daran, Felix ein wenig aufzuziehen. Er meinte, seine Navigationskünste wären nicht schlechter als die der Frauen.

„Ist wohl ein veraltetes Google earth.“ Felix zeigte sein Handy und bewies ihm, dass sie richtig waren. Und so fuhren sie zunächst bis an den Dorfrand, dann in den kleinen Ort hinein.

Hier gab es nur eine Straße, und die führte kerzengerade weiter. Rechts und links standen Häuser. Merkwürdige Häuser. Gleich beim ersten hielten sie an und stiegen aus.

„Was ist das denn für ein merkwürdiger Ort?“, fragte Chris verwundert, während sie auf der menschenleeren Straße standen. „Sieht ja aus wie im Mittelalter.“

Die Häuser waren klein, dicht an dicht aneinandergereiht, nur durch schmale Gänge voneinander getrennt. Aus Feldsteinen gemauert und die Dächer aus Holz oder Stroh. Doch nirgends waren Menschen, nicht einmal Hunde und Katzen oder wenigstens Hühner zu sehen. Einfach keine Lebewesen, es war richtig unheimlich.

„Nein, ich glaube nicht, dass es typisch Mittelalter ist", entgegnete Felix. „Wenn ich mich recht erinnere, waren damals vor dem Haus Rinnen ausgehoben, für alles, was Menschen auf die Straße kippten. Ich meine, wirklich alles.

Das muss bestialisch gestunken haben, war für Ratten bestimmt ein Paradies. Später verlegte man Rohre, also Vorläufer unserer heutigen Kanalisation. Hier sind keine Rinnen, das Kopfsteinpflaster wurde bis zu den Häusern angebracht, ist später als im Mittelalter."

„Danke für den Geschichtsvortrag", grinste Chris. „Und warum, Herr Professor, lebt hier niemand?"

„Weißt du, wie mir das vorkommt?", Felix ignorierte die Frage seines Freundes, „als wäre das hier so eine Art Filmkulisse."

„Stimmt", bestätigte Chris, nachdem er kurz darüber nachgedacht hatte. „Aber wo sind die Schauspieler, die Statisten, die Crew?"

„Vielleicht fangen sie erst in ein paar Tagen mit dem Drehen an, sind schon fertig oder machen irgendwo Pause. Lass uns nachschauen."

„Gute Idee. Einer rechts, der andere links?" Chris hatte schon eine Münze aus der Hosentasche gefingert, wartete nur noch auf das bestätigende Nicken. „Zahl ist links."

Er warf das Geldstück in die Luft und fing es geschickt auf dem Handrücken auf.

Sie mussten sich nicht erst darüber abstimmen, wer was nahm, Chris beharrte auf sein `Kopf´, den wählte er immer und seit vielen Jahren. Wahrscheinlich schon immer.

„Alles klar, wir sehen uns am Ende der Straße", stellte er mit einem Lächeln fest und steuerte bereits das erste Haus auf der rechten Seite an …

◆◆◆◆◆

23. Kapitel

Das Orakel

Sebastian war sehr zufrieden. So gut wie dieses Mal hatte es vorher noch nie geklappt. Vielleicht waren es die Drogen, die exakte Zusammensetzung der vielen Kräuter, die ihm wohl besonders gut gelungen waren.

Auch hatte er im Laufe der Jahre, der Jahrhunderte, im Umgang mit unterschiedlichen Persönlichkeiten Erfahrungen sammeln können, die ihm jetzt halfen. Vielleicht war dies hier wirklich die finale Version.

Die Ärzte da draußen würden versuchen, diese Irritationen mit Pillen und Tröpfchen heilen zu wollen, sie hatten sogar einen Namen für die Erkrankung. Nein, es waren sogar zwei, früher sprach man von einer multiplen Persönlichkeit, heute nannte man es dissoziative Persönlichkeitsstörung.

Doch die Existenz dieser Krankheit, vor allem die Möglichkeiten, die sich daraus ergaben, waren wie für ihn geschaffen. Das Beste aber war, man konnte die Krankheit auch erzeugen.

So glitt die eigentliche Emma immer mehr in den Hintergrund, das war sein Ziel, dafür hatte er schließlich in den vielen Stunden gesorgt, die er am Bett saß und mit ihr redete.

Wenn Emma aufwachte, erzählte er ihr alles Mögliche. Was es zu essen gab, wer gerade da gewesen war, mit wem sie sich angeregt unterhalten und welche Fragen sie dem Arzt gestellt hätte.

Nichts davon war real. Aber dank der Drogen, die das Gehirn beeinträchtigten, glaubte sie es. So wurde aus der ehemals agilen Emma eine lethargische Person, die sich immer weiter in ihr Schneckenhaus zurückzog.

Während die eine nach und nach verschwand, erwachte auf der anderen Seite sein gnädiges Fräulein wieder zum Leben. Doch anders als bei der psychischen Erkrankung ahnten beide nichts von der Existenz ihres zweiten Ichs.

Aber auch seine Esmeralda hatte Wissenslücken. Oft musste er improvisieren, da halfen ihm seine über die Jahre hinweg gesammelten Erkenntnisse …

Das Gemälde mit dem Herrenhaus hing jetzt groß über dem Sekretär. Anfangs verschwand es noch des Öfteren, immer dann, wenn Emma mal wieder zugegen war, doch seit zwei Tagen nicht mehr. Es verblasste nur manchmal ein wenig, aber nicht für lange. Ja, er hatte es geschafft.

Vorgestern erlöste er sie von den schweren Metallschienen. Ihre Beine waren nur noch Haut und Knochen, es würde ewig dauern, erneut Muskeln aufzubauen, doch viel wahrscheinlicher war, dass sie in ihrem Leben nie wieder würde eigenständig gehen können.

Das war gut so, denn das gnädige Fräulein könnte also niemals weglaufen. Auf der anderen Seite würde er aber auch nie seine berauschende Fantasie umsetzen können, bei der sie auf ihm ritt. Und das war wirklich bedauerlich.

Nun, er fühlte sich mit einem Mal gar nicht mehr so sicher, ob das letzte Wort, was diesen Punkt betraf, wirklich schon gesprochen war. Wer konnte es denn wissen, wie ihre Entwicklung verlief?

Gestern fuhren sie zum ersten Mal durch den Garten. Da er die Schienen an ihren Beinen durch Bänder ersetzt hatte, war es ihr möglich, im Rollstuhl zu sitzen. Noch musste er sie schieben, da ihre Armmuskeln ebenfalls erschlafft waren. Auch das gefiel ihm …

An seiner Esmeralda entdeckte er dieses Mal sogar etwas Neues, etwas Erstaunliches, das äußerst lobenswert war. Sie wirkte wie ein Indikator oder ein Orakel, welches Gefahr erahnte und anzeigte.

Sie war es gewesen, die die Rufe der Frau im Keller gehört hatte. Er nicht, selbst als er bereits unten vor der Folterkammer stand und lauschte. Erst als er genau daneben trat, vernahm auch er dieses Krächzen.

Als er Esmeralda vorhin holen wollte, um mit ihr die Zeit bis zum Mittag im Garten oder Pavillon zu verbringen, las sie nicht mehr in ihrem Buch. Sie starrte geradeaus an die Wand, nicht auf ein bestimmtes Ziel gerichtet, sondern irgendwie durch sie hindurch. Sofort schaute er zu dem großen Bild, doch es hing sichtbar da, nichts verschwamm.

Sie war es also, Esmeralda, aber auch er spürte plötzlich die Gefahr. Schnell trat er ans Fenster, draußen schien alles ruhig zu sein, keine fremde Person hielt sich im Garten auf oder verlangte nach Einlass.

Er lief beunruhigt die Treppen hinunter, machte aber schnell kehrt und ging zum Absatz zurück. Wieder schaute er aus dem Fenster, blickte auf das Dorf, welches sich prächtig entwickelt hatte.

Und dann sah er etwas. Anfangs war es nicht mehr als eine Spiegelung, aber als er das Fernglas ansetzte, erkannte er ein Auto.

Jemand drang in ihr Refugium ein, sicher nicht ungestraft, dafür würde er schon sorgen …

◆◆◆

Felix schaute sich das erste Haus genauer an. Es war tatsächlich gemauert. Eine große Anzahl von Feldsteinen in unterschiedlicher Größe wurden behauen, um glatte Wände zu schaffen.

Erstaunlich, dachte er, aber weniger wegen der Art, in der diese Häuser errichtet wurden. Bis jetzt glaubte er, dass die Kulissen eines Films aus Pappmaschee bestehen würden, zumindest die Nebengebäude.

Die hier mussten doch Unsummen verschlungen haben, für das Material, vor allem für die Löhne der Handwerker. Wie lange die wohl für so ein Haus gebraucht haben? Und hier standen viele, auf seiner Seite an die dreißig.

Er trat an die Tür und erlebte die nächste Überraschung. Sie war zwar offen, aber um durchzugehen, musste er sich bücken, zumindest den Kopf einziehen.

Spielten in dem Film Liliputaner mit? Oder handelte es sich um einen neuen Fantasy-Streifen, vielleicht einem, in dem kleinwüchsige Avatare mit zwei Köpfen die Erde besiedelt hatten?

Die Häuser waren sogar eingerichtet, wenigstens dies, in dem er gerade stand. Nicht gerade modern, eher altertümlich, rustikal und auf das Notwendigste beschränkt.

Hier gab es nur einen einzigen Raum mit mehreren Schlafstellen an der rechten Seite, links standen ein Tisch mit sechs Stühlen, dahinter eine Art Anrichte und ein Ofen, auf dem man auch kochen konnte.

Eine Tür, bei der er sich wieder bücken musste, führte hinten auf den Hof. Dort sah er einen kleinen Stall, vielleicht für Hühner, einen Verschlag mit mehreren Buchten über- und nebeneinander, vermutlich für Kaninchen, ein Stück Garten mit drei Bäumen und ein Häuschen mit einem herzförmigen Loch in der Tür.

Um hindurchzusehen, musste er sich etwas runterbeugen, feixte dann aber belustigt. Das war ein sogenannter Donnerbalken, der Vorläufer der heutigen Toiletten. Er wusste genau, dass Chris, wenn er auch so einen entdeckte, schallend lachen und tausende Fotos schießen würde.

Jetzt stieg er über den niedrigen Zaun, der aus einfachen Stöcken bestand, zum Nachbargrundstück rüber. Vorher hatte er schon registriert, dass es hier etwas anders aussah. Statt der Ställe gab es nur ein Gatter, vielleicht für Schweine oder Gänse. Brauchten die denn keinen Unterstand?

Er wusste es nicht, war in der Stadt geboren und auch aufgewachsen, Verwandte auf dem Land hatten sie nicht. Aber eigentlich war es doch auch egal, oder?

Im Inneren dieses Hauses sah es ähnlich wie in dem ersten aus, die Möbel waren zwar andere, aber auch hier fehlte etliches. Es gab kein Geschirr, keine Kissen oder Decken und sowieso keinen Krimskrams. Vielleicht waren die Dekorateure noch nicht so weit, ach nein, im Film hießen die ja Requisiteure.

Als er wieder auf die Straße trat, verschwand Chris gerade auf seiner Seite im zweiten Haus. Er hing also ein wenig hinterher, na ja, es war ja auch alles interessant anzuschauen.

Und so ging Felix die Straße immer weiter, schaute in jedes der Häuser und manchmal auch in die Höfe. Chris hatte er nicht mehr zu Gesicht bekommen, vielleicht war der jetzt einfach schneller, weil sich ja alles mehr oder weniger ähnelte.

Doch in der Mitte des Dorfes, die er zwischenzeitlich erreicht hatte, standen neue, größere Gebäude. Auf seiner Seite war es eine Art Laden, Chris dagegen traf auf eine kleine Kirche. Sie war wirklich sehr klein, wahrscheinlich würde er dran vorbeigehen, mit Gott oder Religionen hatte er ohnehin nicht viel am Hut.

Felix bedauerte, dass der Laden leer war, nichts in den Regalen stand. Es wäre doch mal interessant gewesen, was die Filmleute hier gezaubert hätten.

Aber eigentlich hatte er die Gedanken an den Film schon verworfen. Solch einen Aufwand für neunzig Minuten betreiben? Auch wenn es eine Serie mit mehreren Staffeln wäre, würde sich das rechnen?

Und während er noch einige Häuser mit den entsprechenden Hinterhöfen inspizierte, kam ihm eine neue Idee. Eine, die mehr Sinn ergab.

Das hier war kein Filmset, es war ein Museum, oder sollte zumindest eins werden.

Was für eine geile Sache. Die Menschen konnten durch das Dorf schlendern, überall würden Handwerker sitzen, Töpfer, Weber, vielleicht ein Schmied, man könnte ihnen bei der Arbeit zuschauen und bekäme einen Einblick, wie die Menschen früher gelebt haben. Oder noch besser, die Häuser waren eine Art Unterkunft für Gäste, so wie mancherorts Leben auf dem Bauernhof praktiziert wurde.

Als er daran dachte, mit Josy hier vorbeizukommen, wenn es denn fertig wäre, versetzte ihm der Gedanke sofort einen Stich. Josy war nicht, sie war nicht mehr Teil seines Lebens.

Jetzt hatte er keinen Bock mehr, sich den Rest auch noch anzuschauen, also lief er bis ans Ende des Dorfes. Irgendwann, hoffentlich sehr bald, würde Chris ja auch auftauchen …

Felix hatte mindestens schon zwanzig Minuten im Gras gesessen und auf seinen Freund gewartet, doch der war nicht erschienen. Was gab es denn so Interessantes auf seiner Seite?

Er stand auf, durchquerte das erste Haus und den Garten, kletterte über den Zaun und kehrte aus dem zweiten zurück auf die Straße. So ging er auch weiter vor, ohne Chris zu entdecken, bis er vor der Kirche stand.

Deren Türen waren ebenfalls offen, aber anders hatte er es auch nicht erwartet. Hier standen ohnehin nur Sitzbänke und ein hölzerner Altar.

Eine kleine Tür führte hinten raus und er tippte für sich, was er wohl vorfinden würde: Schweine, Hühner oder Kaninchen? Sicher hielt der Pfarrer Hühner …

Doch wie erstaunt war er, dass sich an die Kirche der Friedhof anschloss. Eigentlich logisch, schalt er sich, ist doch in den meisten Ortschaften so und außerdem – Eier bekommt er schließlich von den Dorfbewohnern als Geschenk oder Gabe. Opfergabe.

Der Friedhof war klar strukturiert. In der Mitte eine breite Reihe mit Ruhestätten, davor sogar eine Gruft. Sowohl rechts als auch links führte ein Weg entlang, dann kam noch eine Reihe mit Gräbern. Überall standen Bäume, hohe, sicher sehr alte Bäume.

Felix überlegte kurz und entschied, links anzufangen. Den Weg wollte er bis zum Ende des Friedhofes und auch wieder zurück laufen, falls es keinen Quergang zum anderen Weg geben sollte. Dabei würde er sich die Gräber anschauen, besser gesagt, die Grabsteine, von denen bestimmt einige erhalten geblieben waren. Dass er eigentlich Chris suchen wollte, vergaß er schlicht …

Was die Mitarbeiter des Museums wohl hiermit bezweckten? Wollten sie einen stillen und würdevollen Ort zeigen? Aber warum präsentierten sie dann die Gräber nicht ordentlicher?

Sie sahen ungepflegt aus, nur wenige Steine waren erhalten geblieben, die große Masse umgekippt, versackt oder zerfallen. Auf den meisten Gräbern lagen Laub, Zweige und manchmal sogar ganze Äste.

Wollten die Macher uns daran erinnern, dass alles vergänglich ist? Oder man Geld in die Hand nehmen muss, damit man sich Jahrhunderte später auch noch an Verstorbene erinnern konnte? Also eine Art erhobener Zeigefinger?

Während er den Weg lang schlenderte, beschäftigte er sich mit diesen Fragen, doch kam er zu keinem vernünftigen oder gar logischen Ergebnis.

Den ältesten Grabsteinen war zu entnehmen, dass sie im sechzehnten Jahrhundert, die jüngsten im achtzehnten Jahrhundert aufgestellt wurden. Was war nach dieser Zeit mit dem Dorf geschehen?

Hatte etwa eine Seuche all seine Bewohner hinweggerafft?

Er musste unbedingt noch einmal her, sobald das Museum seine Tore offiziell geöffnet hatte, um all das zu erfahren. Jetzt aber interessierte er sich erst einmal für die Gruft.

Von außen war sie gut erhalten geblieben, sehr gut sogar, als hätte der Zahn der Zeit einen weiten Bogen um sie gemacht. Über der Tür prangte in alter Schrift `Familie Fellbrook´.

Der Name sagte ihm nichts, doch sobald sie wieder zu Hause waren, würde er googeln und versuchen, mehr über sie und ihr Leben zu erfahren.

Dann wurde er schon wieder überrascht. Als er die Klinke der Tür drückte, die den Weg in die Tiefen der Grabstätte freigab, war diese verschlossen. Wow, alles offen und begehbar, nur das nicht?

Auch irgendwie verständlich, man sollte nicht überall seine Nase hineinstecken …

Also setzte er seine Entdeckungsreise fort, doch schon nach einigen Metern erregte etwas seine Aufmerksamkeit.

Anfangs fragte er sich noch, weshalb ihm das vorhin nicht aufgefallen war, aber als er näherkam, erkannte er den Grund dafür.

Etliche Koniferen hatten seinen Blick verdeckt, doch was er jetzt sah, überraschte ihn mehr als alles andere, mehr als das geheimnisvolle Dorf mit den

Häusern zusammen. Er stand vor zwei ausgehobenen Gräbern.

In seinem noch jungen Leben war er schon bei einigen Beerdigungen zugegen gewesen. Meistens bei Urnenbestattungen, aber einmal wurde auch ein Sarg in die Erde gelassen.

Er hatte das Bild noch vor Augen, die vorbereitete Grube, mit künstlichen Rasenteppichen ausgelegt, lang und schmal. Die Wände waren ebenmäßig und glatt, wie es ein versierter Fahrer mit einem Minibagger ohne Zweifel hinbekommt.

Hier nicht, hier war etliches anders. Die Grube war kleiner, auch nicht so exakt viereckig begradigt. Die Wände uneben und der Aushub lag nicht ordentlich aufgeschüttet daneben.

Nein, hier war kein Bagger im Einsatz gewesen, irgendjemand hatte mit der Hand geschippt.

Er fand das äußerst merkwürdig, es passte überhaupt nicht zu dem Bild, welches er bis jetzt von dem Ort gewonnen hatte. Zudem war es ziemlich gefährlich, die zukünftige Grabstelle einfach so offen zu lassen, ohne wenigstens eine entsprechende Absperrung zu platzieren. Wie schnell konnte ein Kind hineinfallen und sich dabei das Genick brechen, da der Zugang zum Dorf ja auch nicht versperrt war.

Als er noch nachdachte, nahm er aus den Augenwinkeln schräg hinter sich eine Bewegung wahr. Na endlich, das musste Chris sein.

Er drehte sich um in die Richtung, um besser nach ihm Ausschau halten zu können, aber stattdessen sah er mit Entsetzen, wie sich eine große Schaufel seinem Kopf näherte. Er hörte es im Schädel knacken, spürte noch, wie sein Gehirn durch die Kraft des Schlages zerdrückt wurde. Dann fiel er um, Blut floss aus der Nase und seinen Ohren, die Augen standen blutunterlaufen offen.

„Na, das hat ja gut geklappt." Sebastian war offensichtlich mehr als zufrieden mit sich. „Schön, dass ihr heute aufgetaucht seid, dann muss ich kein extra Grab ausheben."

Er zog den toten Leib an die Breitseite des Loches und gab ihm mit dem Fuß einen Stoß, sodass er hineinrollte.

Kurz überlegte er, ob es nicht besser gewesen wäre, vorher den Inhalt seiner Taschen zu kontrollieren, machte dann aber nur eine abwertende Handbewegung.

Was sollte da schon drin sein? Sicherlich nur eine Brieftasche und sein Handy. Na und? In ein paar Stunden wäre der Akku sowieso leer und ob es unter der dicken Erdschicht überhaupt noch Funksignale sendete, bezweifelte er.

Also ging er zügig zu dem kleinen Schuppen, eigentlich war es mehr ein Verschlag, der neben einer Außenwand der Kirche stand.

Sebastian öffnete die Tür, die er sicherheitshalber mit einem Schloss versehen hatte, und holte seine Schubkarre hervor. Sie war schwer, die beiden Frauenleichen, die er in eine Plastikfolie eingewickelt hatte, wogen so viel, dass er fast Angst um seine Karre hatte.

Es war ihm schon immer unbegreiflich, wie so etwas sein konnte. Eine Frau trug er locker im Arm, kaum war sie tot, schaffte er es nur noch mit Mühe, sie überhaupt etwas anzuheben. Und jetzt lagen zwei darauf.

Sebastian atmete schwer, als er bei den beiden Gruben eintraf und nahm sich auch etwas Zeit, um sich zu erholen. Dann hob er das erste Paket an.

Er überlegte, sollte er vielleicht die Folie weglassen? Die würde noch hundert Jahre in der Erde liegen.

Na und? Die Würmer hatten trotzdem freien Zugang und wen interessierte es, dass er den `Müll´ nicht fachgerecht entsorgte? Niemanden …

„Na seht ihr, und schon seid ihr wieder zusammen und diesmal für die Ewigkeit." Er hatte eine der weiblichen Leichen zu dem toten Felix ins Grab gerollt. „Oh, und wenn das die falsche Frau sein sollte, hey, na dann, habt viel Spaß miteinander."

Auch die zweite Leiche entsorgte er auf die gleiche Art, lief zurück zum Verschlag, holte den toten Chris und warf ihn zu der Frau, die momentan noch allein das Grab füllte. Er setzte sich auf den Rand der Schubkarre und bewunderte sein Werk.

In einigen Minuten würde er beginnen, die Gräber zuzuschaufeln. Er würde Laub, Zweige und auch kleine Äste darauf verteilen, Stücke von Grabsteinen holen und sie so dazu drapieren, als würden sie schon ewig dort liegen.

Und wenn die Sonne weiterhin so schien, würde man morgen schon nicht mehr erkennen, dass hier jemand gegraben und geschaufelt hatte …

Als er wieder am Anwesen eingetroffen war, verschnaufte er kurz auf einer Bank, die idyllisch unter einer weiten Hängeweide stand. Sein Gesicht spiegelte Zufriedenheit wider.

„Dann fehlt ja nur noch einer“, begann er ein Selbstgespräch und nickte.

Plötzlich änderte sich seine Mimik, fast so, als hätten ihm seine Gedanken einen Schreck versetzt.

„Sebastian, du wirst alt. Oder überheblich, was wohl besser zutrifft. Früher warst du jedenfalls nicht so nachlässig.“ Verärgert schüttelte er den Kopf. „Was ist mit ihren Eltern? Hast du vergessen, dass die noch leben? Wie willst du sie ins Jenseits befördern? Willst du warten, bis auch sie hier auftauchen?“

Er ging hart mit sich ins Gericht. Es war wirklich nachlässig, sie einfach zu übersehen und noch nicht einmal einen Plan zu haben. Gut, er könnte jetzt darüber nachdenken.

Aber eigentlich spürte er die Anstrengung der letzten Stunden, wollte lieber einige Minuten still verharren und seinen Augen nur die Natur gönnen. Nachdenken konnte er auch später noch.

Als sein entspannter Blick gerade über das große Tor schweifte, fuhr ein Auto vorbei. Rasch erhob er sich. Wer war das? Er oder ihre Eltern?

Gut, dass die Schubkarre noch neben ihm stand. Auch wenn er nicht die grüne Schürze trug, würde man schon an seinen Arbeiten erkennen, dass er der Gärtner war. Schnell schaute er noch einmal an sich hinunter, nein, er hatte kein Blut abbekommen …

Er hörte ihn, hörte ihn rufen, als er das Laub zusammenharkte. Nein, das war nicht Emmas Freund, auch nicht ihr Vater.

Sebastian lehnte den Laubbesen an die Schubkarre, sehr langsam, sehr ordentlich, und ging dann, ebenfalls gemächlich, bis zum Tor. Nun hatte er Gelegenheit, den Fremden genau zu betrachten.

Ihm kam keine Erleuchtung, wer das sein könnte. Vielleicht nur jemand, der sich verfahren hatte? Gut möglich, er würde es sicher gleich erfahren und dann entsprechend reagieren …

◆◆◆◆◆

24. Kapitel

Esmeralda

Er hatte nicht damit gerechnet, dass die Polizei auftauchen würde, nun musste er improvisieren. Ausgerechnet dieses Mal, wo doch alles perfekt schien. Die Holde, seine Geliebte, noch nie ging die Umwandlung so schnell, noch nie lief sie so problemlos ab wie bei dieser jungen Frau.

Doch es würde bald ein Ende haben, dessen war er sich sicher. Der Polizist gab bestimmt nicht auf, er hatte sich verbissen, das konnte er in dessen Augen erkennen. Ihm blieben vielleicht noch einige Tage, wenn es gut lief, zwei oder drei Wochen, aber länger bestimmt nicht.

Sebastian schüttelte den Kopf. Nein, das konnte er nicht riskieren, nicht seine Zukunft aufs Spiel setzen. Er musste jetzt handeln.

Es dauerte eine Weile, bis all das hier wieder zerstört war, so kaputt, marode und verfallen, dass nichts mehr an den jetzigen Glanz erinnerte. Aber es bedeutete auch, dass alle Spuren weg waren, sich in ein Nichts aufgelöst hatten. Ihm blieben keine Wochen, nur noch Tage, wenn überhaupt.

Und er musste für seine Zukunft und auch dafür, dass man ihm nie auf die Schliche kam, die ganze Sippe ausrotten. Angehörige konnten penetrant sein, sie würden suchen und forschen, bis zum Ende ihrer Tage. Nun, sie sollten es haben, das Ende.

Dann seufzte er laut. Sein gnädiges Fräulein war etwas ganz Besonderes, schon immer, vor allem das allererste Mal, als sie noch das Original war. Sicher, die junge Esmeralda war herrisch und boshaft, aber sie war nun mal seine Herrin und durfte all das auch sein.

Jetzt aber spürte man den Einfluss von Emma, die sie etwas weicher werden ließ und manchmal sogar freundlich.

Meistens lief er dann schnell zum Bild oder schaute einfach nur hin, wenn sie in ihrem Zimmer waren, ob es verschwamm oder sich ganz auflöste.

Aber seit einigen Tagen passierte da nichts mehr, gar nichts. Es hing wie eh und je, wie früher, fest an seinem Platz.

Er wusste, dass der Tag kommen würde, aber bisher war immer er es, der die Entscheidung darüber gefällt hatte. Gut, jetzt wäre es auch seine, aber er hatte gehofft, es würden noch viele Wochen bis dahin verstreichen, vielleicht sogar Monate. Bei ihr, der besten aller Kopien, hätte er sich sogar Jahre vorstellen können. Meistens jedenfalls.

Nicht einmal das Heiligste konnte er noch vollziehen, das, worauf er sich doch schon so lange freute. Er hatte es sich hundertmal vorgestellt, es immer weiter verfeinert und auf den richtigen Tag hingearbeitet, und nun? Er bedauerte sich zutiefst.

Sebastian saß auf den Stufen der Treppe, die ins Haus führten. Er musste sie wecken, vielleicht war sie schon wach und verlangte nach ihm. Doch er hatte noch nicht zu Ende gedacht, er musste erst einen Plan aushecken.

Die Eltern, die kamen zuerst dran. Sicher, sie waren alt und ohne die Polizei, die jetzt sicherlich auf Hochtouren ermittelte, hätte er vielleicht auch gar nichts unternehmen müssen. Sie wären irgendwann friedlich entschlafen, zwar mit dem Wissen, dass ihre Tochter für immer verschwunden war, aber die Zeit hätte sie schon darüber hinweggebracht.

Jetzt war alles anders und er nickte zu seinen Gedanken. Er würde es gleich besorgen, auf der Stelle, dann hätte er das schon mal erledigt.

Um den Freund brauchte er sich erst einmal nicht zu kümmern, schließlich hatte er genügend Vorkehrungen getroffen, dass der für immer im Gefängnis landete.

Die Idee, das Handy am Seminarhotel auszuschalten, war einfach grandios. Wie sollte der sich da rausreden können? Und dann noch ihr Auto vor der Tür, direkt an seinem Haus und der Schlüssel am Brett. Oh Mann, wie schade, dass er nicht dabei sein konnte, als die Bullen ihn entdeckten.

Falls die Festnahme aber nicht klappen würde, weil der Polizei die `Beweise´ nicht ausreichten, käme der über kurz oder lang hierher und damit wäre sein Schicksal auch besiegelt. Für immer.

Ja, er würde seinem gnädigen Fräulein, seiner heiß geliebten Esmeralda, nun gleich ein Getränk verabreichen, welches sie für zwei oder drei Stunden fest schlafen ließ. Eins, bei dem man hinterher nichts mehr wusste. Doch wie ging es dann mit ihr weiter?

Am besten wäre es, er würde sich noch heute nehmen, was ihm zustand, doch er verspürte nicht so recht Lust darauf, der blöde Polizist hatte ihm selbst diese Vorfreude vergällt. Dabei war sein Vorgehen bis ins Kleinste durchdacht …

Im Laufe der Jahre, der Jahrhunderte, hatte er viel probiert und experimentiert, aber nie war es so wie in seinen Vorstellungen, nicht einmal annähernd so schön wie in seinen Träumen.

Aber jetzt wusste er genau, wie es ablaufen müsste. Die Idee war ihm gekommen, als er sie wusch, als sie beide es genossen, die Berührungen, das Spielen mit den Fingern.

Als er daran dachte, stieg wieder diese Erregung in ihm auf. Ja, heute würde er sie penetrieren, heute wäre sie sein und in Gedanken hörte er schon ihr wohliges Glucksen, spürte, wie er steif und hart wurde.

Sein Plan war einfach nur gut, er hatte alles exakt vorbereitet. Die Ständer, auf denen früher ihre Beine lagen, als die Schienen noch schwer waren, die kämen wieder zum Einsatz. Aber diesmal würden sie es draußen machen, in der freien Natur, sie würden den Wind spüren und die Vögel zwitschern hören. Zumindest am Anfang, vor der Ekstase.

War sie denn schon so weit? Er wusste es nicht, zumal gerade erst gestern etwas Merkwürdiges passierte.

Wie immer wollte er sie waschen, er war bereit und voller Vorfreude, da verlangte sie, ins Bad geschoben zu werden. Sicher, auch ein Ort der Freude, zumal das Becken groß war und viele Leiber fassen konnte. Aber die Variante hatte er für später vorgesehen.

Sie nicht. Sie erklärte ihm, sich von nun an allein säubern zu wollen und er den Auftrag hätte, eine Dusche einbauen zu lassen. Wie bitte?

Er hatte nicht gewusst, dass sie Duschen überhaupt kannte, geschweige denn, mit ihnen umgehen konnte, aber sie beharrte darauf. Selbst heute fragte sie ihn schon, ob er sich gekümmert und Handwerker engagiert hätte. Heute, als ob nicht genug zu tun gewesen wäre.

Sofort starrte Sebastian wieder auf das Bild, aber nichts geschah. Dann streichelte sie ihn und meinte, für `das andere´ bliebe noch genügend Zeit.

Augenblicklich war er erregt und hätte es gleich jetzt vollziehen mögen, aber sie schaute nur zu seiner Hose, sah die Wölbung und schmunzelte. Er solle sich in Ordnung bringen. Sie lächelte erneut.

Oh, hatte sie etwa erwartet, dass er auf der Stelle in sie stieß? War das so etwas wie ein Wink? Sie sagte dies, wollte aber genau das Gegenteil? So wie Frauen sich oft äußern?

Er wurde ganz nervös und versuchte, sich an jedes Detail zu erinnern. War der Tag etwa für sie schon gekommen?

Was ein einziger Tropfen Blut doch bewirkte. Er holte das kleine Fläschchen, das er immer bei sich trug, aus der Hosentasche und schaute darauf. Der Inhalt war tiefrot, fast dunkel und doch im Laufe der Jahrhunderte nie fest geworden.

Viel war nicht mehr da, es reichte vielleicht noch für zehn oder zwölf Wiederholungen. Doch was machte er dann? Ob ihr Blut auch geeignet wäre?

Vielleicht. Er würde sehen, wie tief seine Gefühle nachher waren, ja, womöglich konnte er von ihrem ein neues Fläschchen füllen. Oder sollte er es mit der noch vorhandenen vermischen?

Er musste eine Möglichkeit finden, es durfte einfach nicht schon heute zu Ende sein, oder morgen. Irgendetwas musste ihm einfallen, er hatte doch noch gar nichts mit ihr probiert …

Schwerfällig stand er auf, begab sich nach oben ins Haus. Er würde sie jetzt schlafen schicken und erledigen, was getan werden musste.

Wenn er zurückkam, würde er sie wecken und dann mit ihr zum Pavillon fahren. Die gelb und rot blühenden Rosen bildeten eine wunderschöne Kulisse, sie würde sich daran erfreuen können. Später.

Doch zuerst brachte er die Ständer unter die duftenden Rosen …

◆◆◆◆◆

25. Kapitel

Die Wahrheit

Esmeralda war schöner als jede der Rosen, die hier wuchsen und ihren betörenden Duft verbreiteten.

Jedes Mal, wenn er sie anschaute, überkam ihn Wehmut. Er musste eine andere Möglichkeit finden, wollte den Schritt hinauszögern, nicht nur um Stunden oder Tage, nein, um Wochen, vielleicht sogar um Monate. Er musste etwas finden …

„Sebastian, erzähle Er mir etwas über meine Familie."

„Aber gnädiges Fräulein, Sie wissen doch bereits alles."

„Nein, ich weiß so wenig, es sind alles nur Bruchstücke. Bitte, tu Er mir den Gefallen."

Am liebsten wäre er hochgerannt, hoch in ihr Zimmer und hätte nach dem Bild geschaut. Noch nie zuvor hatte sie ihn um etwas gebeten, sie erteilte Befehle, wenn sie etwas sagte, und erwartete, dass er denen Folge leistete.

Doch ihr klarer Blick, der ruhige Atem, nichts deutete darauf hin, dass sie jetzt Emma war.

Wie oft hatte er die Geschichten erzählt, er wusste es nicht mehr. Sie hatten sich in sein Gehirn gebrannt, wahrscheinlich gebrauchte er immer die gleichen Worte, bildete die gleichen Sätze, als hätte er sie so verinnerlicht wie Gedichte, welche er sich früher einprägen musste.

Aber als er sie wieder anschaute, das freundliche Lächeln in ihrem Gesicht sah, ergriff ihn plötzlich etwas Böses.

Er verspürte den heftigen Wunsch, sich zu rächen. Sie konnte zwar nichts dafür, dass er sie nachher töten würde, aber er war es, der litt, nicht sie. Ihm wurde etwas weggenommen. Sie wurde ihm genommen …

Also entschied er sich diesmal für die Wahrheit, nicht die Märchen zu erzählen, die er den anderen, die vor ihr da waren, aufgetischt hatte. Als Erstes berichtete er von dem Unfall, den er auf ihr Geheiß herbeigeführt hatte.

„Ich wollte absichtlich vom Pferd fallen? Was erzählt Er da? Ich hätte mir dabei den Hals brechen können, was ist das für ein Unsinn."

„Doch, gnädiges Fräulein, so wahr ich hier sitze, genauso ist es gewesen."

„Um Himmels willen, warum wollte ich das denn?"

Ihre Empörung schien echt zu sein. Insgeheim musste er grinsen, ja Esmeralda, du warst nie das gute, das liebe Mädchen, für das dich alle gehalten haben.

„Ihr Bruder feierte gerade seinen siebzehnten Geburtstag und Euer Vater verkündete feierlich, dass er in absehbarer Zeit, also nach seiner Lehre, die Geschäfte übernehmen sollte. Es war damals üblich, sie dem ältesten Sohn zu übertragen, auch das Eigentum. Töchter hingegen mussten reich verheiratet werden."

„Ich verstehe nicht …"

„Sie aber wollten alles haben, gönnten es Ihrem Bruder nicht, gnädiges Fräulein. Denn Ihr verehrter Vater hatte immer zu Ihnen gesagt, eines Tages, mein Goldkind, wird das alles dir gehören. Aber da waren Sie noch klein, später, als Sie erwachsen wurden, hat er nicht mehr davon gesprochen.

Sie hingegen hatten sich alles gemerkt, waren sehr enttäuscht und entluden Ihren Zorn gegen Ihren Herrn Papa mitten auf dieser Geburtstagsfeier, nannten ihn sogar einen Lügner, vor allen Leuten, und dass er das bereuen würde."

„Und was geschah dann?"

„Sie wurden auf Ihr Zimmer geschickt und durften es nicht mehr verlassen. Viele Tage lang. Ich war in der Zeit Ihre einzige Bezugsperson, niemand wollte mehr mit Ihnen reden."

„Und deshalb habe ich mich vom Pferd fallen lassen? Wollte ich die Zuwendung meiner Familie?“

Sebastian antwortete nicht gleich. Er schaute sie nur an.

„Sprich Er.“

Aha, da war er also wieder, ihr Befehlston. Aber gerade der beruhigte ihn, also fuhr er fort.

„Um Zuneigung ging es Ihnen weniger. Sie befahlen mir, ein Taschentuch Ihres Bruders zu entwenden, dann sollte ich Sie an einer bestimmten Stelle erschrecken und das Tuch dort ablegen. So wollten sie die Schuld auf Ihren Bruder lenken.“

„Was ist mit ihm geschehen? Wurde er bestraft?“

Und jetzt war wieder Emma da. Nein, nicht richtig, aber deren Mitgefühl oder auch ihr Gerechtigkeitssinn setzten sich durch.

Sebastian wusste nur nicht, ob ihm das gefiel oder eher nicht. Wenn er es nicht mochte, musste er die Zusammensetzung der Drogen für die zukünftige Esmeralda erneut verändern. Er würde sehen, wie es jetzt weiterging, das konnte er später immer noch entscheiden.

„Nein, Ihr Vater kehrte alles unter den Tisch, es war schließlich eine Familienangelegenheit.“

„Sehr gut.“

„Finden Sie? Komisch, damals waren Sie anderer Meinung."

„Wieso? Was habe ich denn gemacht?"

„Erst einmal nichts, aber als Ihr Bruder kurz vor seinem einundzwanzigsten Geburtstag stand, seiner Volljährigkeit, erteilten Sie mir einen weiteren Auftrag. Auf einer der vielen Geschäftsreisen, die Ihr Vater nun immer mit seinem Sohn unternahm, musste ich dafür sorgen, dass beide getötet wurden."

„Was?"

Ihr Gesicht war vor Schreck erstarrt und Sebastian merkte, dass ihm das gefiel. Ja, die Zusammensetzung war doch perfekt.

„Ich wurde daraufhin verhaftet, später aber wieder freigelassen, als ein weiterer Mord nach dem gleichen Muster ablief."

„Und was geschah mit meiner Mutter?"

„Seit Ihrem Reitunfall wurde sie Ihnen gegenüber immer zurückhaltender. Ihre gnädige Frau Mutter war zu der Überzeugung gelangt, dass Sie auch damit etwas zu tun hatten. Daraufhin musste ich sie vergiften."

Der jungen Frau in ihrem Rollstuhl war jede Farbe aus dem Gesicht entwichen. Sie starrte in die Ferne, benötigte eine Weile, um sich wieder zu sammeln.

„Habe ich das auch angeordnet?"

Sebastian nickte nur. Er hatte Mühe, sein schadenfrohes Lächeln zu verbergen.

„Warum hat Er mich getötet?“, fragte sie nun, diesmal blickte sie ihm direkt in die Augen.

Er schwieg. Wie konnte sie davon erfahren haben?

„Nun lasse Er mich auch den Rest der Geschichte hören.“ Sie lächelte bereits wieder.

Doch gerade, als er ihr erzählen wollte, wie böse sie war, läutete es am Tor. Beide schauten sich an.

Aus ihren Augen sprach die Überraschung …

◆◆◆◆◆

26. Kapitel

Noah

Kriminalkommissar Wink war erstaunt über die Abläufe auf dem Parkplatz. Noah war allein losgefahren, sofort betrat er ein Büro, welches gefühlt nur aus Rechnern und Bildschirmen bestand.

Er beauftragte einen Kollegen, Noahs Aufenthalt mithilfe seines Handys zu lokalisieren, an ihm dranzubleiben. Von einem anderen ließ er sich die Funkzellenabfragen der Freunde geben, die von Felix hatte er ja bereits.

Also begab er sich schnell in sein Zimmer, holte den Bericht und überflog ihn, bevor er erneut in die Computer-Abteilung zurückkehrte. Dabei stellte er fest, dass die Abfrage nicht auf dem neuesten Stand war, der letzte Eintrag stammte von vor einigen Tagen. Er ließ ihn sofort aktualisieren.

Bisweilen warf er einen Blick auf den Bildschirm, sah den roten Punkt, wie er sich langsam in der Stadt bewegte.

Sicher, er hätte den neuen Bericht auch in Ruhe lesen können, denn der Kollege hielt ihn immer auf dem aktuellen Stand, aber eine gewisse Nervosität hatte von ihm Besitz ergriffen. Und die verstärkte sich nur Augenblicke später.

Er hatte die Blätter mit den letzten Eintragungen vor sich, sie bedeckten die gesamte Tastatur und reichten sogar noch darüber.

Daraus ging hervor, dass die Handys der beiden Freundinnen das letzte Mal am vorigen Freitag in Betrieb waren. Auch wenn es keinen exakten Punkt gab, sondern nur einen schraffierten Bereich, der den ungefähren Standort zeigte, kannte er den Ort. Sie hielten sich ebenfalls an dem uralten Herrenhaus auf.

Die Telefone der Männer waren länger in Bereitschaft, erst seit gestern gaben sie keine Signale mehr ab. Doch sie waren nicht direkt dort ausgeschaltet worden, sondern etwas weiter weg, scheinbar auf einer Wiese.

Von der hatte auch Noah gesprochen, er selbst sie jedoch nicht gesehen. In der Nähe war nur ein Dorf.

Als Noah die Straße erreicht hatte, die aus der Stadt führte, war Kriminalkommissar Wink klar, wohin dessen Reise gehen sollte …

◆◆◆

Noah ließ sich weder von Emmas Eltern noch von seinem Anwalt abhalten, die Fahrt zu unternehmen. Auf dessen Argumente, dass er der Polizei damit weitere Indizien in die Hände spielen würde, reagierte er schlagfertig: Ich dachte, es wären keine Indizien, sondern nur Vermutungen. Und machte sich auf den Weg …

Er war völlig durcheinander. Das, was er dort gesehen hatte, entsprach keineswegs dem, was der Beamten ihm zeigte. Ihm war klar, dass hier ein Irrtum vorlag.

Entweder war er wirklich falsch gefahren, das jedoch konnte er kaum glauben, da er sich doch exakt an den Routenplan gehalten hatte. Aber genauso bezweifelte er, dass der Kommissar zu blöd war, eine Karte zu lesen. Also, einer von ihnen musste falschliegen.

Vielleicht war das alles gar nicht so merkwürdig oder kompliziert, vielleicht gab es eine ganz simple Lösung dafür? Wie wäre es, wenn in unmittelbarer Nähe ein zweites Herrenhaus stand? Nur ein paar hundert Meter entfernt, bei der Ungenauigkeit der Karten war das wirklich eine Erklärung. Die beste, die er sich vorstellen konnte.

Doch sofort schlichen sich erneut Zweifel in seine Überlegungen. Arbeitete Google earth nicht mit Satelliten? Und der Polizist hatte sicher doch auch noch ganz andere Karten zur Verfügung.

Er zwang sich förmlich, nicht mehr darüber nachzudenken. Es dauerte ohnehin nicht mehr lange, bis er vor Ort war, und mit eigenen Augen sehen könnte, was stimmte, seine Beobachtungen und Erkenntnisse oder die des Kommissars.

Und so lenkte er seine Gedanken in eine andere Richtung, was nicht besonders schwer war. Die letzte Zeit hatte er mindestens zwanzig Stunden am Tag damit verbracht, über Emma und ihr Verschwinden nachzudenken. Und er war sich überhaupt nicht mehr sicher, was seine Gefühle betraf.

„Quatsch", sagte er laut und korrigierte sich damit selbst. Seine Gefühle kannte er und die hatten sich auch nicht die Bohne verändert. Er liebte Emma, wollte sie immer noch heiraten, mit ihr eine Familie gründen und alt werden. Sie war die Frau seines Lebens.

Was ihn eigentlich beschäftigte, betraf die Tatsache ihres Verschwindens. Manchmal glaubte Noah, sie spüren zu können. Dann, meistens nur wenig später, war er sich sicher, dass sie schon lange tot war.

Es gab noch eine dritte Variante, in der Vergangenheit scheute er sich, länger als nötig über sie nachzudenken. Aber jetzt, auf dieser langweiligen, öden Fahrt, ohne Gegenverkehr und Ortsdurchfahrten, bei denen seine Aufmerksamkeit gefragt war, blieb ihm ungehindert Zeit, zumal er langsam fuhr, sehr langsam.

Möglicherweise wurde Emma gefangen gehalten, irgendwo in einem Verlies, vielleicht in einem Keller oder gar unterirdischem Bunker, einem fensterlosen Raum mit künstlichem Licht und Kameras. Natürlich, der Typ, der sie unter Verschluss hielt, musste sie doch jederzeit beobachten können. Dieses Schwein …

Sie bekam zu essen und zu trinken, aber nur so viel, um am Leben zu bleiben. Noah sah sie vor sich in ihrer Kleidung, die mittlerweile schmutzig und teilweise zerrissen war. Waschen konnte sie sich auch nicht.

Und jeden Tag kam der Typ, nahm sie sich oder verprügelte sie, wenn sie ihm nicht zu Willen war, sich verweigern sollte.

Es gab so viele Filme mit dieser Thematik, auch Serien, die nicht dem kranken Hirn eines Drehbuchschreibers entstammten, sondern aus der Realität adaptiert worden waren, und es liefen so viele …

Er ertappte sich dabei, wie er hoffte, Emma sei tot, denn auch das wäre besser, als so ein Schicksal. Oh mein Gott, warum hatte er ausgerechnet jetzt die Büchse der Pandora geöffnet?

Noah musste anhalten, weil ihm so übel war. Er schaffte es gerade noch, die Tür zu öffnen, da schoss es schon im hohen Bogen aus ihm heraus.

Zum Glück hatten Emmas Eltern vorgesorgt und alles Notwendige im Auto, falls mal Stau, ein Unfall oder etwas anderes sie an der Weiterfahrt hindern würde. Hinter dem Fahrersitz stand ein Körbchen mit zwei Flaschen Wasser, Keksen, Bifis, Bonbons und auch Feuchttüchern gefüllt.

Er stieg aus und atmete einige Male tief durch. Dann wischte er sich den Mund, schaute auch, ob im Fahrzeug doch etwas gelandet war und trank schließlich eine ganze Flasche leer.

Schade, dass er nicht rauchte, jetzt wäre sicher solch ein Moment, bei einer Zigarette zu entspannen.

Nach einigen Minuten hatte er sich halbwegs beruhigt, sodass er die Fahrt fortsetzen konnte. Weit war es nicht mehr, vielleicht brauchte er nur noch zehn oder fünfzehn Minuten …

Die Straße verlief leicht abschüssig und rechts vor ihm sah er schon Bäume, die zu dem Anwesen, zum Park gehörten. Ein Haus noch nicht. Noah stoppte, stieg erneut aus und stand jetzt vor seinem Auto.

Es flimmerte. Selbst die Baumwipfel waren nicht deutlich zu erkennen.

Bei großer Hitze war das manchmal so, da glühte auch der Asphalt oder besser, die Luftschicht darüber. Aber jetzt war es nicht mehr heiß.

Sorgten die großen Bäume dafür? Verdunsteten sie gerade Wasser oder waren das Wolkenschleier, neblige Gebilde, wie man sie oft im Gebirge erlebte?

Er wusste es nicht, war ja auch egal. Gleich würde er dort sein …

Je näher er kam, umso offensichtlicher wurde es. Vor ihm befand sich ein gepflegtes Grundstück, bei der Größe konnte man wirklich von einem Anwesen sprechen.

Ein Zaun, und er war extrem hoch, versperrte die Sicht und Unbefugten den Zutritt. Über die Spitzen seiner Metallstäbe würde freiwillig keiner klettern.

Langsam fuhr er bis zu dem Tor und hielt dort an, obwohl er gar nicht wusste, warum er noch stoppte. Der Kommissar hatte recht und er war ein Idiot. Oder blind …

Es war fast so, als wäre er fremdgesteuert, denn anstatt den Rückwärtsgang einzulegen, gurtete er sich ab, stieg aus und trat dicht ans Tor. Dort schaute er durch die Stäbe und fragte sich, was er zu sehen erhoffte.

Dann aber wurde ihm klar, dass er mit dem Gärtner reden wollte, er suchte förmlich das

Gespräch mit ihm. Vielleicht hatte der dem Kriminalkommissar nicht alles erzählt, hatte seine Emma doch gesehen. Manche Leute schienen ja von Haus aus Probleme mit der Polizei zu haben. Schon klingelte er.

Er musste eine Weile warten, bis er ihn sah, und noch etwas länger, ehe er am Tor stand.

Noah grüßte den jungen Mann, der etwas älter als er selbst war, doch der sprudelte gleich los. Er freue sich, dass endlich mal jemand geklingelt hätte, da sonst niemand vorbeikäme und ob er nicht Lust hätte, ihm ein wenig Gesellschaft zu leisten. Noch bevor Noah überhaupt antworten konnte, hatte er alle Schlösser geöffnet und hielt bereits das Tor auf.

„Es kommt nie jemand vorbei?“, fragte er, nachdem er die Einladung dankend angenommen hatte.

„Nein, nie.“ Der Gärtner verschloss wieder akribisch die Tür. „Nur heute, Sie sind tatsächlich der Zweite.“

„Heute war schon jemand hier?“

„Ja, aber der zählt nicht.“ Sie gingen langsam in Richtung Haus. „Das war nur ein Polizist, kein Besuch.“

Noah bewunderte die Anlage, er konnte sich nicht erinnern, jemals etwas so Prachtvolles gesehen zu haben. Und alles war perfekt gepflegt.

„Wie schaffen Sie es nur, alles so zu bearbeiten, dass Ihnen die Vielfalt der Natur nicht über den Kopf wächst?“

„Ach, das ist nicht schwer, es erledigt sich von allein.“

Na klar, der Rasen mähte sich selbst und das Laub bildete allein einen Haufen. Noah musste grinsen. Vielleicht war der Gärtner ein wenig einfältig oder er sah seine Arbeit wirklich für nichtig an. Das war sie aber und er sollte stolz auf sich sein.

„Haben Sie Durst? Möchten Sie etwas Kaltes trinken?“, fragte er, als sie kurz vor der Treppe des Hauses standen.

„Oh ja, sehr gern. Aber ich möchte Ihnen um Himmels willen keine Umstände machen.“

„Das sind doch keine Umstände. Kommen Sie nur, wir gehen in die Küche.“

Sie stiegen die Stufen hoch, gingen durch die große Tür und weiter in den Eingangsbereich.

Neugierig warf Noah Blicke nach rechts und links. Solche Räume bezeichnete man früher wohl als Salons, kam es ihm in den Sinn, doch der Gärtner führte ihn zügig direkt bis in die Küche.

Die Möbel waren alt, gediegen und würden bestimmt hunderte Jahre überdauern. Man sah sofort, dass sie aus edlem Holz mit zeitlos schönem Design gefertigt waren. Die Küche war überhaupt riesig, niemand würde heutzutage so viel Raum dafür verwenden.

Ein langer Tisch stand genau in der Mitte, sicherlich speisten dort die Angestellten. Oder das Gesinde, wie es einst hieß.

Aber nicht alles war alt, es schien fast so, als hätte jeder Besitzer einiges von dem angeschafft, was während seiner Zeit entwickelt wurde und modern war.

Er sah einen alten Ofen, der mit Holz befeuert wurde und daneben einen neueren Gasherd. Einen Eisschrank aus den Fünfzigerjahren und eine Kaffeemaschine, wie sie heute in jedem Haushalt zu finden war.

Der Gärtner hatte einen Krug mit kaltem Wasser gefüllt und dafür einige Zitronen aufgeschnitten. Vom Fensterbrett holte er drei Töpfe mit grünen Pflanzen.

„Riechen Sie mal", forderte er Noah auf, nachdem er ein Blatt zwischen den Fingern zerrieben hatte. „Das ist Erdbeer-Pfefferminze, aber man braucht schon viel Fantasie, um das zu erkennen, und sicher auch eine feine, trainierte Nase, oder?"

Noah lächelte, nachdem er an dem Blatt gerochen hatte. Das war eindeutig Pfefferminze, aber Erdbeere? Wahrscheinlich war seine Nase weder fein noch trainiert

„Und das hier ist die gemeine Minze, die kennt jeder.“ Der Gärtner gab Noah ein Blatt, welches der nun selbst zerkleinerte. „Aber hier die Zitronenminze, die gefällt mir persönlich am besten.“

Er stimmte ihm zu, es war ein sehr frischer, angenehmer Duft, der Assoziationen zu Sommer, Sonne und Strand erweckte.

Der Gärtner warf noch einige Eiswürfel in den Krug und stellte ihn dann auf ein Tablett. Danach nahm er drei Gläser aus einem der vielen Schränke.

„Kommen Sie mit, ich möchte Ihnen jemand vorstellen“, meinte er lächelnd und eilte bereits voraus.

Noah hinterher. Wen vorstellen? Lebte der Gärtner gar nicht allein? Besuch konnte es ja nicht sein, den hatte er doch nie …

Sebastian ging diesmal gleich durch die Hintertür auf direktem Weg zum Pavillon. Was für eine Augenweide, diese Rosen. Und erst der Duft. Gerade am späten Nachmittag bis in den Abend hinein schienen sie ihn am stärksten zu entfalten.

Er freute sich. Das, was jetzt kommen würde, war sein zweitschönstes Erlebnis. Wenn er die Paare zusammenführte, der Freund oder Mann die Frau erblickte, die er seit Langem vermisste.

Oh ja, er kannte sie alle, die Reaktionen, die ausgelöst wurden. Zuerst spiegelten sich auf den

Gesichtern Überraschung, auch Erstaunen wider, danach Entsetzen, oft Mitleid, welches hemmungslos ausbrach, dann kamen Wut und Rachegelüste. Zum Schluss blieb es meistens beim Flehen und Betteln.

Einige Männer konnten sich nicht beherrschen, sie schimpften, schrien oder wurden sogar handgreiflich, glaubten allen Ernstes, eine schallende Ohrfeige würde die Dame ihres Herzens zurückbringen.

Nach kurzer Zeit, wenn er genug erlebt hatte und es begann, ihn zu langweilen, stach er zu. Und während der Mann verendete, beobachtete er seine aktuelle Esmeralda. War sie wirklich die ursprüngliche, echte?

Wenn ja, dann würde sie kaum erschauern, eher käme ein Lächeln über ihre Lippen, vielleicht sogar ein schallendes Lachen aus ihrem Mund. Ja, der echten Esmeralda würde das `Schauspiel´ gefallen.

Doch die, deren Umwandlung nicht perfekt gelungen war, glitten meist genau dann in ihr altes Leben zurück. Das war ihr Todesurteil, selbst dann, wenn er das Schönste noch nicht vollzogen hatte.

Bei ihnen griff er aber nie zum Messer oder Dolch, was auch immer gerade die Mordwaffe seiner Wahl war, sie tranken ihren Tod aus einem Glas Wasser oder Tee.

Ihr Ende war nie qualvoll, sondern sie schieden sanft dahin. Er nutzte immer die Gelegenheit, wenn sie nur noch über eine Schnappatmung Luft bekamen, tief und hart in sie einzudringen.

Diese Art der Penetration, ganz besonders der letzte Stoß, war berauschend, wenn ihre Seele den Körper verließ und von seinem befreienden Schrei der völligen Ekstase begleitet wurde.

Noah würde bald das gleiche Schicksal seiner Vorgänger teilen. Überhaupt war das heute ein erfolgreicher Tag. Erst mussten die beiden Männer, dann Emmas Eltern und nun auch noch er, der Freund seiner Holden, dran glauben.

Obwohl er nie erwartet hätte, dass die ihn freilassen. Daran war sicher der Polizist schuld, dieses junge, unerfahrene Bürschchen, das sich erst die Hörner abstoßen musste. Ein alter Hase hätte sich nicht die Mühe gemacht, hier herauszukommen.

„Meine Liebe, schau, ich habe einen Gast mitgebracht“, äußerte er schon am Eingang des Pavillons.

„Was bildet Er sich ein, so mit mir zu reden? Hat Er den Verstand verloren?“

Sebastian erschrak. Seine Gedanken, die schon weit vorausgeeilt waren, ließen ihn überheblich werden und die Haltung verlieren.

„Entschuldigen Sie bitte, gnädiges Fräulein, ich war so voller Freude, dass ich mich Ihnen gegenüber ungebührlich geäußert habe. Ich bitte vielmals um Verzeihung."

„Schon gut ..."

Weiter kam sie nicht, denn Noah eilte jetzt schnell auf sie zu.

„Emma? Du lebst? Oh mein Gott!" Er rannte auf sie zu, kniete sich nieder und umarmte sie. Danach ergriff er ihr Gesicht und küsste sie leidenschaftlich auf den Mund.

Esmeralda schüttelte sich, ihr gefiel das gar nicht.

„Geh Er weg. Sebastian, nehme Er diesen ungehobelten Grobian und schicke Er ihn weg. Was erlauben Sie sich, mich anzufassen." Sie wischte sich mehrmals angewidert mit dem Handrücken über den Mund.

Noah wirkte sehr überrascht, er schien nichts zu begreifen.

Wie immer, dachte Sebastian, und schaute dennoch beiden neugierig zu. Mal sehen, was jetzt noch passierte.

„Was ist mit dir? Erkennst du mich nicht?" Dann erst registrierte Noah wohl den Rollstuhl. „Was ist geschehen, Liebes? Bist du verletzt? Warum hast du dich nicht gemeldet? Ich hatte solche Angst um dich, das kannst du dir gar nicht vorstellen."

Esmeralda drückte sich fest in ihren Stuhl, offensichtlich wollte sie den Abstand zwischen sich und dem Wahnsinnigen vergrößern.

Noah schaute an ihr herunter. Vorsichtig hob er die Decke hoch, die auf ihren Beinen lag und stieß einen Schrei aus.

„Oh mein Gott, was ist mit deinen Beinen geschehen? Die bestehen ja nur noch aus Haut und Knochen. Was ist mit dir passiert?“

Entsetzt schaute er seine Emma an, ohne zu bemerken, dass die Frau vor ihm ihr zwar ähnelte, es aber nicht mehr war.

„Warst du das?“, wandte er sich plötzlich ab und Sebastian zu. Er trat sogar zwei, drei Schritte näher an ihn heran, seine Hände bereits zu Fäusten geballt.

„Nein, ganz im Gegenteil.“

Sebastian hatte noch nie Hemmungen zu lügen, dass sich die Balken bogen, und er wusste, dass er dabei auch nicht rot werden würde. Er hatte über all die Jahrhunderte so viel Übung darin erworben, und so lächelte er wissend.

„Kommen Sie, setzen Sie sich und trinken Sie erst einmal etwas. Ich werde Ihnen alles erklären.“

Er reichte sowohl ihm als auch Esmeralda ein Glas, welche er mit seinem zubereiteten kühlen Getränk gefüllt hatte. In Noahs hatte er aus einer schlanken Phiole unbemerkt drei Tropfen fallen lassen.

Bereits nach drei oder vier Schlucken würde aus seinem Mund Schaum treten, wie bei einem tollwütigen Tier. Er bekäme davon selbst nichts mehr mit, sein Herz hätte längst aufgehört zu schlagen …

◆◆◆◆◆

27. Kapitel

Albträume

Der Fall sorgte für Wirbel, wochenlang war er das Gesprächsthema schlechthin. Die Presse, die Medien überhaupt, stürzten sich auf jedes Fitzelchen, was sie ausschlachten konnten. Und das taten sie auch mit großer Begeisterung.

Es schien ihnen egal zu sein, ob sie den Leuten belegbare Fakten oder Gerüchte präsentierten, in denen sie beiläufig etwas mitbekommen hatten.

Es war eine Unverfrorenheit, regelrecht eine Frechheit, wie sie mit den Angehörigen, mit den Hinterbliebenen der Opfer umgingen. Kriminalkommissar Wink legte angewidert die Tageszeitung beiseite. Und für die hatte er auch noch Geld bezahlt …

◆◆◆

Als Noah damals mit dem Auto losfuhr und die Eltern seiner Freundin praktisch auf dem Parkplatz des Reviers stehen ließ, war dem Beamten klar, dass irgendetwas passieren würde. Etwas Schlimmes. Er wusste nur nicht, was genau.

Noahs Signal zeigte die Richtung an, aus der er die Stadt verlassen wollte und gleichzeitig entdeckte er Übereinstimmungen in den Funkzellenberichten der Freunde. Jetzt war Eile geboten, er zögerte keinen Moment mehr.

Alle Personen, die mit dem Fall zu tun hatten, waren mindestens einmal am Herrenhaus gewesen. Vor ihm lagen die Auswertungen, doch dies war nicht ihre einzige Gemeinsamkeit.

Deren Handys sendeten genau aus jenem Bereich ihre letzten Signale. Alle, nur nicht das Telefon der zuerst vermissten Person. Emmas Handy verschwand an einer anderen Stelle …

Er informierte seinen Chef, danach lief alles sehr schnell ab, professionell und routiniert, genau dafür wurden sie regelmäßig geschult und trainiert, so auch, um in Situationen wie dieser perfekt zu funktionieren und das Risiko für die am Einsatz Beteiligten so gering wie möglich zu halten.

Mit sieben Kollegen fuhr er damals die gleiche Strecke, wie Noah kurz zuvor, aber eben entschieden schneller. Sie hatten nicht nur die Möglichkeit,

Sondersignale für den Einsatz zu nutzen, die Zentrale meldete ihnen zugleich noch die aktuellen Staus und gab Empfehlungen für Ausweichmöglichkeiten.

Das SEK wurde informiert, welches sich prinzipiell immer in Bereitschaft hielt. Deren Mitarbeiter würden wahrscheinlich nicht viel später am Ort des Geschehens eintreffen.

Der Kommissar konnte sich auch heute noch an alles erinnern, was damals geschah, was er dachte oder gar fühlte. Er fuhr einen der Einsatzwagen, hörte den Funk ab und etliche Male überkamen ihm während der Fahrt Zweifel, ob es wirklich notwendig war, diese große Aktion in Gang zu setzen.

Auch wenn es sein Chef war, der die Order gab und damit die Verantwortung trug, so geschah sie doch auf seine Intention hin. Und wenn überhaupt kein Verbrechen vorlag, gar nichts geschehen und Noah nur dorthin gefahren ist, um sich selbst ein Bild von dem Anwesen zu machen?

Dann würde es womöglich bedeuten, dass alle Vermissten wieder auftauchten, also am Leben wären. Der Einsatz würde als übertrieben oder unnötig und ihm mangelnde Kompetenz aufgrund fehlender Erfahrung vorgeworfen werden. Aber damit könnte er leben, wenn es nur das war …

An dem Tag fuhr er das zweite Mal zu diesem merkwürdigen Objekt, welches er Herrenhaus nannte, alle anderen aber nur von der Ruine sprachen. Doch dieses Mal ging es entschieden schneller.

Aufgrund seiner bereits erworbenen Kenntnisse waren sie vorbereitet. Einer der Sondereinsatzkräfte, die fast zeitgleich eingetroffen waren, überwand mühelos den Zaun und bolzte blitzschnell, aber lautlos, die fünf Schlösser an dem riesigen Tor ab.

Die meisten von ihnen erstürmten erst das Herrenhaus, erkannten aber schnell, dass sich dort niemand aufhielt. Sofort rannten sie durch die Hintertür von allen Seiten auf den von duftenden Rosen umgebenen Pavillon zu, ohne diesem Kleinod wirklich Beachtung zu schenken. Sie richteten ihre Waffen auf ihn.

Für Noah kam jede Hilfe zu spät. Er lag mit weit aufgerissenen Augen auf dem Boden, immer noch Schaum vor dem Mund.

Emma, die Vermisste, der Auslöser für all das, was geschah, saß in einem Rollstuhl und schaute stur geradeaus. Nicht einmal das Getöse oder die Rufe der Einsatzkräfte berührten sie. Offensichtlich stand sie unter Schock.

Und dann war da noch der Gärtner, der weder ängstlich noch erschreckt oder gar kampfbereit wirkte, sondern einfach nur mit erhobenen Armen dastand und darauf wartete, festgenommen zu werden.

Kriminalkommissar Wink würde nie dieses Lächeln vergessen, welches der permanent beibehielt. Seine Antennen gingen in Alarmbereitschaft. Es war also noch nicht vorbei.

Was dann kam, war Routine. Die Sanitäter versorgten Emma, der Verdächtige wurde aufs Revier gebracht und dem Haftrichter vorgeführt, die Kriminaltechniker begannen mit ihrer Arbeit.

Er selbst fuhr zu Emmas Eltern. Sie sollten von ihm persönlich und nicht aus den Medien erfahren, dass ihre Tochter gerettet werden konnte, und auch, wie es um sie stand.

Er hatte noch nie in seinem Leben solche Beine gesehen, nicht einmal in den Berichten und Reportagen über die hungernden Menschen in Ländern des afrikanischen Kontinents.

Noch während der Fahrt im Krankenwagen nahm man ihr Blut ab, anschließend kam sie sofort in den OP. Bis auf die Dinge, die offensichtlich waren, wie der Zustand ihrer Beine oder der Schockzustand, schienen alle anderen Vitalwerte in Ordnung zu sein.

Sie hätte die ganze Zeit nur starr in eine Richtung geblickt, auf keine Ansprache reagiert, meinten die Sanitäter, und dass dies fast gespenstig wirkte, jedenfalls hätten sie noch nie ein derartiges Verhalten eines jungen Menschen erlebt.

Der Chirurg berichtete ihm, bei der Operation hätte es Komplikationen gegeben. Der Analyse des Blutes war zu entnehmen, dass sie unter Drogen stand, jedoch konnte das Laborpersonal in der Kürze der Zeit noch keine exakten Angaben machen.

Eine Narkose, wie sie in der Regel jeder Patient vor einer OP erhielt, war unter diesen Umständen nicht möglich, das Risiko für den Ausfall lebenswichtiger Organe zu groß.

Der Arzt versuchte, nur mithilfe örtlicher Betäubung die Stangen und Schrauben, die immer noch in den Knochen steckten und von Bändern kaschiert wurden, herauszuziehen. Zwei Stellen hatten sich bereits entzündet, eine Prognose wollte er nicht abgeben.

Er meinte, alles sei möglich, in einigen Monaten könnte sie vielleicht die ersten Schritte wagen, aber auch, dass sie nie wieder dazu in der Lage wäre, im härtesten Fall gar beide Beine verlor.

Wink durfte zu ihr, als sie in den Aufwachraum geschoben wurde, obwohl sie die ganze Zeit bei vollem Bewusstsein war. Auch hier war sie Geräten angeschlossen worden, das Personal hatte ihre Werte ständig im Blick.

Als er an dem Bett stand und ihre Hand berührte, reagierte sie nicht. Nach einigen Minuten verabschiedete er sich und wünschte ihr gute Besserung. Sie starrte immer noch stur an die Decke.

Später verlegte man sie in die Abteilung der Psychiatrie. Bei Emma zeigten sich wenige Stunden nach der Operation die ersten Entzugserscheinungen, die so heftig waren, dass man sie an Händen, Füßen und Kopf fixieren musste.

Die sofortigen Methadon-Gaben erzielten nicht die gewünschte Wirkung und das Laborteam arbeitete mit Hochdruck, damit die Kollegen eine Ersatzbehandlung vorbereiten konnten.

Letztendlich gaben sie auf. Im Herrenhaus wurden unzählige Fläschchen und Phiolen gefunden, deren Aufschlüsselung über die Zusammensetzung des Inhalts wahrscheinlich Jahre in Anspruch nehmen würde. In der Küche standen an die fünfzig Büchsen mit getrockneten Pflanzen, die in speziellen Laboren untersucht wurden.

Emma musste sich einem kalten Entzug unterziehen, sicherlich ärztlich überwacht, dennoch mit vielen typischen Nebenwirkungen.

Ihre andauernden Albträume, auch im Kurzschlaf, schienen furchtbar zu sein. Jeder, der ihre Schreie hörte, würde sie nie aus seinem Gedächtnis verbannen können.

Manchmal halfen ihr Cannabis oder auch Methadon, leider nicht immer, und niemand konnte sich das erklären.

Nach drei Wochen hatte sie das Schlimmste hinter sich und die notwendigen Therapien wurden eingeplant. Körperlich ging es um den Aufbau ihrer Muskeln, die Stabilisierung ihrer Knochen, um wieder gehen zu können.

Was ihre psychische Konstitution betraf, diagnostizierten die Ärzte eine sehr ausgeprägte bipolare Störung sowie eine nicht minder auffallende dissoziative Identitätsstörung. Sie war jetzt Emma, doch nur Augenblicke später verwandelte sie sich in Esmeralda, ohne dass die eine von der anderen wusste.

Die Ärzte prognostizierten, sie würde wahrscheinlich ihr ganzes Leben in Behandlung bleiben, verschiedenste Therapien benötigen sowie täglich viele Medikamente einnehmen. Mit anderen Worten, sie war ein Wrack, der Schatten ihrer selbst und würde es auch bleiben …

Sebastian Büttner hatte sich seiner Verhaftung nicht widersetzt und bestätigte später auch alle Taten, die man ihm beweisen konnte.

Kriminalkommissar Wink, der diese Verhöre leitete, war jedes Mal aufs Neue überrascht. Bereits im Pavillon hatte er angenommen, dass der

Verdächtige sich in Panik schnell einige Tröpfchen oder den Inhalt einer ganzen Phiole in den Hals laufen lassen würde, doch genau das tat er nicht. Im Gegenteil, bereitwillig händigte er bei seiner Verhaftung den Beamten seine Vorräte aus.

In der Presse wurde von ihm als der Serienmörder berichtet, der das Land in Angst und Schrecken versetzt hatte. Auch wenn das zum Teil stimmte, so doch nicht die Titulierung. Es mordete nicht in Serie, sondern nur mehrfach. Wobei sich das `nur´ keinesfalls auf die Taten selbst und deren Brutalität bezog.

Während der Gerichtsverhandlungen kam es immer wieder zu Irritationen. Obwohl er sich von Anfang an schuldig bekannt hatte, bat er während der Beweisaufnahme immer mal wieder ums Wort.

Das war an sich schon ungewöhnlich, doch was er dann zu sagen hatte, erstaunte noch mehr. Wenn sich der Staatsanwalt nur auf Indizien stützte, schilderte er den genauen Verlauf seines Vergehens und erklärte den Verdutzten, wo sie die Beweise finden könnten. Und damit waren alle Anwesenden gemeint, vom Richter bis zum Zuschauer. Letztere wurden oft des Saales verwiesen. Ebenso die Presse, die Urteilsverkündung sollte jedoch wieder öffentlich sein.

Für seine Verhandlung waren zwanzig Tage angesetzt, am Ende wurde das Urteil bereits nach sieben Tagen gesprochen. Er bekam lebenslänglich und aufgrund der Schwere seiner Taten auch nicht die Aussicht auf eine vorzeitige Entlassung. Im Gegenteil, für ihn stand bereits im Urteil die Sicherungsverwahrung festgeschrieben. Er wäre nie wieder ein freier Mann.

Das Urteil nahm er lächelnd entgegen …

◆◆◆◆◆

28. Kapitel

Zwei Jahre später

Emma hatte nicht als Zeuge vor Gericht erscheinen müssen, da Sebastian Büttner alle Taten, die man ihm vorwarf, freimütig gestand, sie sogar genau und ausführlich erklärte.

Nach dem Drogenentzug war sie zwar ansprechbar, erzählte selbst aber nichts. So war es lange Zeit nicht raus, ob sie von den vielen Gräueltaten wusste, ob er ihr vielleicht davon berichtet hatte oder sie gar dabei anwesend war.

Man hielt sie unter Schutz, damit die Presseleute sie nicht belästigten oder Fotos von ihr veröffentlichten. Dennoch gelangen den Paparazzi gelegentlich einige, nicht gerade gut gelungene Schnappschüsse.

Von den Geschehnissen erfuhr sie erst Monate später, häppchenweise, wie man so schön sagt, und erst, als sie selbst nach ihren Freunden und Eltern fragte.

Als sie begriff, dass alle Menschen, die in ihrem Leben eine wichtige Rolle gespielt hatten, tot waren, ermordet wurden von einem psychisch kranken Besessenen, zog sie sich wieder lange in sich zurück.

Sie war apathisch, wollte nichts essen oder trinken, sich nicht bewegen, nicht schlafen oder reden. Sie saß in ihrem Stuhl und schaute nur stur aus dem Fenster, wie früher schon mal.

Kriminalkommissar Wink besuchte sie oft, zum großen Teil aus Mitgefühl, aber auch, weil ihn sein schlechtes Gewissen plagte. Hätte er nicht mehr machen können, machen müssen?

Daher war es auch gar nicht so erstaunlich, dass sie sich anfreundeten. Es dauerte zwar etliche Monate, bis sie ihn mit einem Lächeln begrüßte, doch bei ihm war es bald anders. Er musste immer mehr Zeit mit ihr verbringen …

◆◆◆

Heute lebt Emma in dem Herrenhaus. Juristisch gesehen ist es mit seinem Umfeld eine Grauzone, nach dem Motto, wo kein Kläger, da auch kein Richter. Nur, dass es heißen müsste, wo keine Nachkommen. Selbst die Landesvertreter erhoben keinen Anspruch darauf, erst recht nicht, als die dortigen Vorkommnisse publik wurden. …

Mittlerweile kann Emma sogar einige Schritte gehen, aber ob es ihr möglich sein wird, jemals in den Schuldienst zurückzukehren, ist ungewiss. Sportunterricht wird sie bestimmt nie wieder erteilen können.

Kriminalkommissar Wink hat eine höhere Stufe der Karriereleiter erreicht. Dazu hat die Überführung des Massenmörders Sebastian Büttner beigetragen.

Beide verbindet nicht nur das Erlebte, sondern mittlerweile auch aufrichtige Liebe. Und Phillip Wink wohnt nun ebenfalls im Herrenhaus …

Aber vollkommen unbeschwert ist ihr Zusammenleben nicht. Vor allem Emma wirkt oft bedrückt und meint immer mal wieder, es sei noch nicht vorbei.

Phillip erschrickt jedes Mal, genau das hatte er bei Sebastians Verhaftung empfunden, das dachte er auch während der Verhandlung, als der scheinbar freiwillig alles gestand. Emma schmiedete deshalb über Monate einen perfiden Plan, und jetzt weihte sie Phillip ein: Sebastian musste sterben …

Auch wenn das Urteil längst gesprochen war, kam es zu weiteren Verhören. Im Dorf, auf dem dortigen Friedhof, wurden nicht nur die beiden Paare gefunden, sondern viele Skelette von Leichen, die erst noch zugeordnet werden mussten.

Manche schienen sehr alt zu sein, mehrere Jahrhunderte, andere nur einige Jahrzehnte. Die Knochenanalysen würden Aufschluss darüber geben, doch das konnte dauern, bei der großen Anzahl der Exhumierten.

Kaum hatten sie alle Überreste geborgen, fiel das Dorf in sich zusammen, bis es gänzlich verschwand. Im wahrsten Sinne des Wortes, selbst die gehauenen Feldsteine lösten sich scheinbar in Luft auf.

Phillip Wink dachte immer mal über das nach, was Sebastian ihm erzählt hatte. Früher arbeiteten alle Bauern und Handwerker für ihren Herrn. In der heutigen Zeit ist es kaum vorstellbar, an eine einzelne Person Steuern oder Abgaben zu entrichten, die bekommt der Staat. Es bestand also keine Notwendigkeit mehr, neben dem Herrenhaus ein ganzes Dorf am Leben zu erhalten. Es wäre zwar da, aber eben nicht mehr bewohnt.

Vieles von dem, was Sebastian mit großer Leidenschaft von sich gab, hörte sich wie ein Märchen, eine erdachte Geschichte an. Doch der Psychologe, der auf Anweisung den Gefangenen untersuchte, konnte in Bezug auf seinen geistigen Zustand nichts Auffälliges erkennen …

Die Geschichte des Herrenhauses war so eine, die Phillip nicht glaubte, nicht für möglich hielt. Sebastian hatte erklärt, dass es sich selbst zerstört und auch wieder aufbaut, denn sobald er eine junge Frau gefunden hätte und ihr die Behandlung angedeihen ließ, erwachte es zum Leben. Die Mauern bauten sich auf, das Dach deckte sich, die Zimmer richteten sich nach und nach ein.

Zuletzt erschien das Bild, das große Gemälde über dem Sekretär. Wenn es da hing und auch blieb, galt die Verwandlung der Frau als vollendet.

Ebenso würde der Park reagieren, die Bäume wuchsen gen Himmel, das Dickicht löste sich auf und die Rosen begannen zu blühen. Aus der grünen Wiese, die kein Bauer bewirtschaften konnte, erwuchs das Dorf mit einer Kirche und dem Friedhof, der letzten Ruhestätte all der Esmeraldas, die es bereits gegeben hatte. Als Sebastian einst äußerte, dass sich alles von allein macht, war es also keine Lüge, sondern Realität …

Oft erklärte Phillip, wenn er zu Hause war, er hätte wieder an einer Märchenstunde bei Sebastian im Gefängnis teilgenommen und auch dieses Mal hätte sie ein grausames Ende gehabt. Meistens tauschten sie sich dann darüber aus, zumal Emma ja einige der Geschehnisse miterlebt hatte.

Trotzdem spürte man deutlich seinen Unglauben, vielleicht könnte sie alles nur geträumt haben, schließlich stand sie immer unter Drogen. Emma schüttelte dann meistens den Kopf und meinte dazu, dass ihre Mutter genau in solchen Situationen den Spruch eines chinesischen Philosophen zitiert hätte: Es gibt mehr Dinge zwischen Himmel und Erde, als wir mit unserem Verstand erkennen können. Vielleicht hatten sie recht. Beide …

Phillip war nun auch an dem Punkt angelangt, an dem Emma schon lange stand, er wollte Sebastian töten. Nein, er musste es.

Wenn auch nur ein Fünkchen von dem, was der Mann ihm erzählte, der Wahrheit entsprach, würde es erst enden, wenn dessen Leichnam unter der Erde von Würmern zerfressen würde.

Emma schlug vor, ihn bei einem seiner Verhöre zu vergiften, so wie er es oft selbst mit seinen Opfern gemacht hatte. Doch dann würde er sofort verdächtigt und der Tat überführt werden können.

Aber manchmal lösen sich gewisse Dinge von ganz allein …

Sebastian und Phillip hatten sicher keine Freundschaft geschlossen, aber sie akzeptierten sich, und das war schon mal gut so. Sebastian blieb sich treu, sobald Phillip ihm Beweise einer weiteren Tat vorlegen konnte, bestätigte er sie und nannte Details, die den Ermittlern noch fehlten.

Es war unvorstellbar, wie viele Menschen er getötet haben wollte, über Jahrhunderte hinweg, und genau das glaubte ihm niemand. Alle waren sich sicher, dass er nur fortsetzte, was andere vor ihm begonnen hatten.

Wie viele Mörder es am Ende waren, konnte man noch nicht absehen. Und es war eine Novität, absolut einmalig in der Kriminalgeschichte, nicht nur deren Vorgehensweise zu kopieren, sondern sich selbst zum Ursprungstäter zu verwandeln.

Sicher spielten da gewisse Halluzinogene eine entscheidende Rolle, obwohl Sebastian strikt behauptete, nie welche genommen zu haben. Eine andere Erklärung gab es aber nicht.

Als Phillip wieder einmal seine Ermittlungen fortsetzen wollte, nahm das Gespräch plötzlich einen komplett anderen Verlauf.

Sebastian bat ihn, er möge ihm seine Hände lassen und dabei die Augen schließen. Nie und nimmer tue ich das, dachte er, und trotzdem hob er die Arme.

Es war merkwürdig, wie ein Zwang, sobald der andere seine Hände hielt, schloss Phillip die Augen. Er konnte gar nicht anders.

Einige Augenblicke war alles still, dann spürte er einen Luftzug an seinem Gesicht und kurze Zeit später überkam ihm das Gefühl, er würde diese Luft einatmen, die Sebastian gerade ausgestoßen hatte.

Nach einigen Minuten war der Spuk vorbei, er war wieder er selbst und löste sofort die Hände, für seine Augen benötigte er etwas länger. Doch da war Sebastian bereits aufgestanden und klopfte an die Tür, ein Zeichen, dass er in die Zelle zurückwollte. Er drehte sich aber noch einmal um und sagte zu ihm, er sei richtig.

Phillip blieb verstört in dem Zimmer zurück. Mehrmals schüttelte er den Kopf, über sich und das, was gerade geschehen war. Mit den Worten konnte er auch nichts anfangen, vermutete aber, sie bezogen sich auf sein Verhältnis zu Emma. Doch woher wusste der davon?

Einige Stunden später wurde Sebastian leblos in seiner Zelle aufgefunden, doch selbst die Obduktion ergab keine Todesursache. Sein Herz hatte einfach aufgehört zu schlagen.

Doch etwas anderes sorgte für allgemeine Verwunderung. Nach seinem Tod verwandelte er sich von einem jungen Mann in einen alten, kurz darauf in einen Greis, mit wenigen Haaren auf dem Kopf und gekrümmter Haltung. Danach lösten sich alle Weichteile auf. Am Ende lagen nur noch seine Knochen auf dem Seziertisch, man schickte sie ein, um das Aller bestimmen zu lassen.

Scheinbar waren sie mehrere hundert Jahre alt und damit ein Phänomen, welches in vielen Fachzeitschriften erörtert, aber nicht geklärt werden konnte …

◆◆◆

Phillip und Emma schlossen vier Wochen später den Bund der Ehe, auch wenn sie da bereits spürte, dass er sich veränderte.

Anfangs war es Freundschaft, daraus wurde Liebe, doch jetzt war es mehr. Er himmelte sie an, fast krankhaft vergötterte er sie.

Allerdings begann er auch, sie zu dominieren, schränkte mit der Zeit ihren Bewegungsdrang immer mehr ein. Sie durfte das Anwesen nicht verlassen, weder irgendwelchen Besorgungen erledigen noch zu ihren Therapiestunden fahren, immer unter dem Motto, das erledige ich für dich, oder, das brauchst du nicht.

Wenn sie sich dagegen auflehnte oder etwas sagte, was ihm nicht gefiel, reagierte er ungehalten. Und aus seinen Augen schaute dann das Böse.

Eines Tages, als ihr das alles zu viel wurde und sie ihn verlassen wollte, stieß er sie die Treppe hinunter. Fortan war sie gelähmt, an einen Rollstuhl gefesselt und nun für immer auf ihn angewiesen. Doch dieses `immer´ währte nicht ewig.

Denn er zielte jetzt auf dieses grenzenlose Leben ab, welches Sebastian geführt und das Streben danach auf ihn übertragen hatte. Er kannte inzwischen auch die Bedeutung seiner letzten Worte. Doch um sie Realität werden zu lassen, um selbst den Fluch aufs Neue zu aktivieren und wirklich der `Richtige´ zu sein, bedurfte es noch einer letzten Tat.

Nur einer konnte gewinnen, und wenn er es sein wollte, wenn er das ewige Leben führen wollte, durfte nicht sie zum Zuge kommen.

Sie tranken Tee im Pavillon, dessen Rosen wieder gelb und rot blühten und ihren betörenden Duft in alle Richtungen verströmten, bis Emma die Augen zufielen.

Phillip verschob ihre Rückenlehne, sodass sie liegen musste, holte die bereitgestellten Ständer, fixierte ihre Beine darin, zerriss nun das Höschen und penetrierte sie im Takt ihrer Atmung.

Anfangs holte sie noch regelmäßig Luft, doch sie wurde langsamer. Dann kam es nur noch zur Schnappatmung, ein Zeichen dafür, dass es mit ihr zu Ende ging.

Als sie den letzten Atemzug tat, ihre Seele den Körper verließ, erlebte er die Ekstase seines Lebens.

Nein, sie würde nicht die Letzte sein, viele würden ihr folgen.

Voller Ehrfurcht küsste er die Phiole mit dem dunkelroten Blut und verstaute sie vorsichtig in seiner Hosentasche. Er lächelte …

◆◆◆◆◆

GUILTY
DER STOFF, DER DICH FESSELT!
guilty-verlag.de

AURORA
Die
MUST-HAVE
Thriller-Reihe
Senta Meyer
Der MarionettenSpieler
Thriller
GUILTY
Die Königin
Der Magier
Der Marionettenspieler

Thekla Kraußeneck, geboren 1987, ist gebürtige Berlinerin, heute lebt sie südlich von München. Als freie Journalistin hat sie acht Jahre lang für die Süddeutsche Zeitung geschrieben und nebenbei ein bisschen Ethnologie studiert. Wenn sie nicht gerade an der Tastatur oder in ihrem Stammcafé sitzt, malt, liest oder twittert sie.